JN006128

泉ゆたか

講談社

目次
Contents

プロローグ……5
第一章　東京……11
第二章　静江……37
第三章　コタンピラ……68
第四章　村井……98
第五章　百合子……116
第六章　貴女の友……152
第七章　おとめ……183
第八章　靄……216
第九章　銀の滴……242

装画　Naffy
装幀　大岡喜直（next door design）

ユーカラおとめ

プロローグ

黄色く光る椎（しい）の葉が、秋の青空に映えている。一帯に落ち葉が積もっていた。

幸恵（ゆきえ）の小さな墓石も落ち葉の中に埋まっている。

金成（かんなり）マツは松葉杖を脇に置くと、墓石に積もった落ち葉をそっと払った。

枯れた葉と、冷たく綺麗な雨水の滴の匂いが立ち上った。

幸恵は幼い頃、こうやって遊ぶのが好きだった。登別（のぼりべつ）の家で弟たちと一緒に「落ち葉の布団だ！」なんてはしゃぎ回ったものだ。

「ねえハポ（お母さん）、今日はこの子たちが大騒ぎをしてたいへんだったのよ。小さい子のお世話って、まったく骨が折れるわ」

そんなふうに大人びた顔で言いながら自分も頭の先からつま先まで泥だらけになっている幸恵の姿に、幸恵の生みの母である妹のナミと二人、顔を見合わせて笑ったのを思い出す。

「幸恵、久しぶりですね。お母さまが会いに来ましたよ」

マツは墓石のてっぺんをそっと撫でた。

石に刻み込まれた「知里幸恵」の名をじっと見つめる。胸が遠くに持っていかれるような気がする。

六年の間、東京の墓地でひとり静かに眠っていた幸恵を想う。

「ここは良いところですね。東京は立派なところです。こんなところで幸恵が学んでいたなんて、お母さまにはこれほど嬉しいことはありません」

背後で洟（はな）を啜（すす）る音が聞こえた。

「学ばせていただいたのは、私のほうです。幸恵さんは私のアイヌ語の師であり、また後世に伝わる偉大な功績を遺された乙女であります」

振り返ると、金田一京助（きんだいちきょうすけ）がハンカチで涙を拭いていた。

「お預かりしていた大事な娘さんを……。お詫びの言葉もございません」

「先生のユーカラの研究が、ずいぶん遅れてしまわれましたわね」

「いえ、そんな、まさか……」

金田一が目を瞠（みは）った。

「意地悪を申し上げたつもりは毛頭ございません。私も、先生と同じ危惧を抱えております。我が先祖が脈々と語り継いできたユーカラを、ここで絶えさせるわけには参りますまい、と」

ふいに、あれから十年が過ぎたな、と思う。

金田一の姿は、初めて旭川（あさひかわ）で出会った十年前からちっとも変わらない。

あの日、金田一は北海道中をアイヌの口承文芸であるユーカラの名手を探して回り、マツの母のモナシノウクを訪ねてやってきたのだ。

モナシノウクが謡ったユーカラを何時間も熱心にノートに書きつけ、結局泊まっていくことになった金田一のために、マツは幸恵と一緒に夜通し蚊やりの煙を焚き続けた。

煙に巻かれて目に涙を溜めながら、金田一の大鼾に笑いを堪えていた幸恵の姿を思い出す。

あの可愛らしかった幸恵はこの十年で少女から大人の女へと成長し、そして私たち皆を置いて、ふっとこの世から消えてしまった。

「マツさんは、幸恵さんがここで執筆された『アイヌ神謡集』は、すべてお読みになっていただけましたか？」

金田一が目を赤くしながら訊いた。

「ええ、もちろんですわ」

マツは頷いた。当たり前だ。

今から五年前、大正十二年に出版された『アイヌ神謡集』は、発売と同時に日本中で大きな評判となった。

『アイヌ神謡集』は初めて〝ユーカラ〟を日本語訳し、さらにアイヌ語の読みをローマ字で併記した本だ。

アイヌは文字を持たない民族だ。その代わり大事なことはすべて〝ユーカラ〟などの口承文芸の形で、親から子へ孫へと語り継ぐ。

これまで〝ユーカラ〟の研究をしていたのは主に言語学者だった。彼らのアイヌ語やユーカラについての著作は、専門的で難解なものが多かった。

『アイヌ神謡集』は、アイヌの神さまの物語である〝カムイ・ユカラ（神のユーカラ）〟を十三篇、どこまでも平易な言葉で記したものだ。

アイヌにとってもアイヌ研究者にとっても、『アイヌ神謡集』が世に出たことは、アイヌ文化を世に知らしめるための途方もなく大きな一歩だ。

しかしその事実だけならば、この作品は言語学者や文学愛好家の間で話題になるだけで終わっていたかもしれない。

『アイヌ神謡集』が注目されたのには、わけがあった。出版前に著者の知里（ちり）幸恵が、わずか十九歳にして急逝するという悲劇に見舞われたのだ。

儚（はかな）げに微笑む幸恵の写真は「薄幸のアイヌのおとめ」として女学生や幼い子供向けの雑誌にまで取り上げられて、爆発的な話題となった。

出版後、旭川のマツのところには、アイヌという民族の存在さえも知らなかった都会の若者たちからの手紙が続々と届いた。

誰もが幸恵の綴った美しいアイヌの物語に感銘を受け、幸恵が志半ばにして命を落としたことに胸を痛めていた。

「あの本は歴史的にとんでもない価値のある素晴らしい作品です。幸恵さんは、日本中に、いえ、世界中にアイヌ文化の偉大さを知らしめたのです。皆が、アイヌの物語の美しさに魅了されています」

金田一の言葉に、マツはゆっくり一度瞬きをした。

――あの本を書いたのは幸恵じゃない。

ふいに、そんな言葉が胸に渦巻く。

――私の幸恵は、あんな甘ったるいお伽噺（とぎばなし）を書いて喜んでいる〝おとめ〟なんかじゃない。

ユーカラは人が死ぬ。人と人とが憎しみ合い、人が人を殺し、嘆き、狂い、呪う。

炉で薪（たきぎ）の爆（は）ぜる音が聞こえる。凍える雪吹雪の中で、顔が焼けるような熱い炎が身体に染み込む。

モナシノウクの、男も顔負けに低く大きく響き渡るユーカラの旋律が胸に蘇った。

マツは唇を引き締めて微笑んだ。

「短い人生の最後に、先生と奥様に万事御世話いただき、幸恵は幸せな娘でございました。その上勿体ないお言葉まで頂戴し、心より感謝申し上げます」

「いいえ、私たちは何も……」

金田一が首を横に振った。

「でもね、先生。どうしてでしょうか」

まっすぐに見据える。

「えっ」

金田一の顔が不安げに曇った。

「すべて私が悪いのです。私が幸恵さんに無理をさせすぎてしまったせいです。持病を抱えていらっしゃると知っていたのに。もっと幸恵さんの身体の調子に気を配って、もっともっと……」

金田一の目に再び涙が浮かぶ。

「いいえ。そういう意味ではございません。ただ私は――」

マツは墓石に向き合った。

――幸恵、どうしてあなたはあんなユーカラを書いたのですか。

どこかで晩秋の、か弱い虫の音が聞こえた。

第一章 東京

1

出会うものすべてをこの胸に焼き付けて帰ろう。

知里幸恵は大きく息を吸って、目を見開いた。

辺りは汽車の煙で靄(もや)がかっていた。金属の焦げたような匂いが漂う。

上野(うえの)駅のホームには五月の風が吹く。旭川よりはだいぶ気温が高いが、初夏の青い草の匂いを含む瑞々しい風だ。

先に列車から降り立った人々が長旅で強張(こわば)った身体をどうにかこうにか慣らそうと、重そうな頭を回し、肩を回し、手首を回して、覚束(おぼつか)ない足取りで歩み出す。

前の日のうちに室蘭(むろらん)港から連絡船に乗って、一晩かけて津軽(つがる)海峡を越えた。それからすぐに列車に乗り換えて青森(あおもり)を出た。

そこから汽車の中で陽が昇り、暮れて、また昇った。

座席の固さは凄まじかった。途中でうとうとと微睡（まどろ）んでみても、固い木箱の中に閉じ込められている夢を見た。

そんな苦しい旅からやっと自由になれる。自分の足で歩くことができるのだ。

力いっぱい伸びをすると、耳の奥で首の節がかちかちと小気味よい音を立てた。

そうしている間にも、人の波が次々と幸恵を追い越していく。

周囲の乗客の足取りは、最初の数歩の慣らしを終えてしまえば驚くほど速い。この膨大な数の人の中で泡粒のように消えてしまうのを恐れるかのように、誰もがしゃんと胸を張って、挑むような目をして一斉に改札口を目指す。

流れに乗って駅舎を出ると、傾いだ電柱から所狭しと電線が張り巡らされた空が広がっていた。

迎えの車が行き交い、すぐ目の前に市電が滑り込んでくる。重そうなトランクを抱えて、小走りで駅へ向かう人々。

濛々（もうもう）と土埃（つちぼこり）が立ち上り、そこかしこでクラクションの音が鳴り響く。

すべてが騒々しく、忙（せわ）しなく、幸恵に目を留める者はどこにもいない。

思い描いていた断髪洋装の華やかな女性なんて、ひとりも見当たらない。

少々拍子抜けした気持ちで周囲を見回した。

〝東京〟の入り口といえば夢のように明るく賑やかな場所に違いない、と身構えていたのに。

ここにいるのは幸恵と同じく強張った顔をして、大きな荷物を背負った人々ばかりだ。

もしかして、勘違いをして途中の駅で降りてしまったんだろうか。

そんなはずはないと頭ではわかっているのに、雨粒のような臆病心が胸にぽつんと落ちる。

途端に泣き出したくなるほどの不安に襲われる。脇の下を冷たい汗が伝う。

今にも改札口を逆戻りして、乗ってきた汽車に駆け込みたくなった。

「大丈夫よ。車掌さんは間違いなく〝上野駅〟って言ったわ。ここで合っているのよ」

唇をほとんど動かさず、低い声で自分に言い聞かせる。

待ち合わせの場所は〝降車口の改札口を出てすぐの電柱の前〟だ。

だが電柱は、ぱっと目に付くところだけでいくつも並んでいる。駅員が切符を受け取る改札口が一箇所ではなく横に三つほど連なった形のため、〝出てすぐの電柱〟というのはどの改札口を出たかによって変わる。

「きっとここに違いないわ。そうよ、そうに決まっているわ」

他の電柱をすべて見渡せる場所にある、少々奥まったところの電柱の前に立った。大礼服姿の男がぎょろりとした目で睨む、森下仁丹（もりしたじんたん）のブリキの看板がついた電柱だ。

この厳（いか）めしい顔を背にしていれば、母親のナミが案じていたように悪い輩（やから）に捕まって〝売り飛ばされる〟なんて目には遭（あ）わずに済む気がした。

きっとすぐに迎えがやってくる。決して見逃してはいけない。

獲物を狙う鳶にでもなった気持ちで、息を殺して、素早く周囲に目を走らせることを繰り返す。

《卒業したら東京に来て、私の家に泊まりながら勉強をしませんか》

ところどころインクが雨で滲んだ、達筆な文字が胸に蘇った。

登別の父からわざわざ借りた古びた旅行鞄の底に、今も大事に持ち歩いている葉書の文面だ。

そうだ、私はここへ招かれてやってきたのだ。

東京帝国大学の偉い先生にぜひにと頼み込まれて、他の誰でもない、この私にしかできない仕事を成し遂げるためにやってきたのだ。

故郷を飛び出した家出娘でもなければ、貧しさから抜け出すために出稼ぎに送り出されてきたわけでもない。気後れすることなど何もないのだ。

顎を引いてまた目を巡らせた。ひとりの少女に視線が留まる。

改札口を出たところで、今にも泣き出しそうに眉を八の字に下げた少女が、団子のように膨れ上がった風呂敷包みを背に、困り切った表情で立ち竦んでいた。

十九の幸恵よりも二つ、三つ、年下だろうか。

少女の立っている場所は、改札口の真ん前だ。背後からやってくる乗客にとってひどく邪魔になっているとわかる。

着物姿の妻を従えた中折れ帽に背広姿の男が、少女にまともにぶつかって忌々(いまいま)し気な顔で睨(にら)み付ける。

「すんません、えっと、すんません」

おどおどと頭を下げる少女の額から大粒の汗が落ちるのが見えるような気がして、いたたまれない気持ちで目を逸らした。

ほんの数分前の私は、ちょうどあの少女と同じような様子だったに違いない。

すっと寒くなった背中を守るように、わずかに電柱に背をもたせかけた。

空が急に曇ってきた。旅の疲れのせいなのか。灰色の空を見つめていると、今が朝だか夕暮れだかわからないような、すべてが遠くに見えるような心地がする。

ごちゃごちゃと絡(から)まり合っているかのように飛び交う電線が、あちこちで×印を描いていた。

「騙(だま)されているのよ。きっとその男は、幸恵を東京へ誘い出して囲い者にしようとしているんだわ。和人の男の考えそうなことよ」

母親のナミの声が耳の奥で響いた。

「そんな下世話な話はしておりません。幸恵は大きな〝使命〟を抱いて東京へ行くのです」

笑みを浮かべて、しかしぴしゃりと言い返したのは、幸恵が六つのときから母親代わりだった伯母のマツだ。

「使命ですって？　また姉さんはそんな面倒な言葉を使って煙に巻くのね。私はただ、幸恵に幸せな人生を送って欲しいと思うだけです。母として当たり前のことじゃありませんか」

ナミは姉と同じくアイヌの入れ墨の施された口元を、若い娘のように尖らせた。

「東京に行ったなら、幸せな人生は送れませんか？」

「ああ、もう。止めてちょうだい。姉さんの理屈はまっぴらよ」

挑戦的な顔で睨み合う姉妹を前に、自分がいったいどんな顔をしていたのか思い出すことができない。

この二人が幸恵の話をするときは、いつだって幸恵本人は蚊帳の外だ。

幸恵は六歳の頃に、生まれ育った登別のアイヌコタン（集落）から伯母のマツのいる旭川へと移り住んだ。

父親の高吉が営んでいた造園業の経営が傾き始めたことと、子供のいない独り身のマツが跡取りを望んだことが重なった、ということが表向きの理由だ。

だが旭川のキリスト教教会で伝道師の仕事をするマツの家には、とにかく人の出入りが多かった。噂は嫌でも耳に入ってくる。

どうやら高吉が、熊撃ちに出かけた先で誤って近所の人を銃で撃って大怪我をさせてしまうという事件を起こしたらしい。そう知ったのは、旭川へ来てすぐの頃だった。

あれから月日を重ねたが、改めて考えてみても、家族の身に降りかかった事件と、幼い幸恵を養子にやってしまうことにどんな繋がりがあったのかはよくわからない。現に弟の高央と真志保は、登別の家で両親の手で育てられた。

だが高吉の事件の顚末を知ったそのときに、幸恵は自分の置かれた運命が妙にすとんと腹に落ちた。

きっと人の一生には、運命がひっくり返るときがある。

この平和が永遠に続くと信じていた世界に裂け目ができ、たった一日ですべてが変わってしまうときがあるのだ。

胸の中に映るのは、お洒落で新しいものが好きで、子供たちと一緒になって野山を駆け回って遊ぶ、優しい高吉の姿だ。登別のアイヌのまとめ役として、皆に頼られていた自慢の父親だ。

そんな父親が、誤ってとはいえ人に銃口を向け大怪我をさせたと聞けば、幼い胸に陰鬱な黒い染みが広がる。私のようなちっぽけな者の運命なんて、いつどのようにひっくり返ってもおかしくないという気分になった。

「あなたたちの言うことはわかったわ。そうやっていつも二人で示し合わせて、私のことは仲間外れ。どうせ私が何を言っても、聞く耳なんて持たないつもりでしょう」

ナミは涙に濡れた目でマツをちらりと睨み付け、倍の眼力で睨み返されるのを恐れるように慌てて目を逸らした。

2

けたたましいクラクションで人の波をかき分けた車が、土煙を上げて止まった。

幸恵はもう何度目かに息を呑み、そして肩を落とした。

待ち合わせは本当に、今日で正しかったのだろうか。

五月十三日、という日付が胸の中でぐるぐると回る。

東北本線に乗る前に駅員から上野着の時刻を聞き、すぐ近くの小さな郵便局で東京宛の電報を打ってもらった。その電報が無事に届いたのかどうか、幸恵には知る術(すべ)がないことがもどかしかった。

そういえば私は手紙に、室蘭港を出発するのが五月十一日になる予定だと書いた。相手には関係のない余計な日付を書いたせいで、行き違いが起きてしまったのではないか。

今すぐここで荷物を地べたに広げて、手紙の束を取り出したい。

幾度も確認した段取りが、ほんとうに自分の記憶どおりのものだったのか。すべてが心許(こころもと)なかった。

ふいにこちらを見つめる視線を感じた気がして、縋(すが)るような気持ちで顔を上げた。

見ず知らずの男が立ち止まってじっとこちらを見ている。身なりのだらしない、暗い目の男だった。

心臓がどんっと鳴った。

待ち人がいつまでも現れない私の姿は、ここで目立ち始めているに違いない。

何せここは、日本中から不慣れな余所者(よそもの)が集まる上野駅だ。

「騙されているのよ」

ナミの決めつけるような口調が胸を走る。

思わず、先ほどいたたまれないと目を逸らした、風呂敷包みを背負った少女の姿を探す。跡形もない。あの少女はあれからすぐに迎えに会うことができて、目的の場所までたどり着くことができたのだ。

あまりの羨(うらや)ましさに、わっと泣き出しそうになる。

ああもう最悪だ、と幸恵は口をへの字に曲げた。上野駅に着いてからの私は、何から何までうんざりするくらい恰好悪い。

幸恵はぶるりと身震いをした。

唇をきゅっと結んで、拳を強く握り締める。

しっかりしろ。私は大丈夫だ。こんなときはどうすればいい？　列車の中で幾度も思い浮かべてあったはずだ。

懐に隠した財布の重みに意識を向ける。

「何かあったときに」と見送りに来たナミが持たせてくれた大金だ。

このお金があれば今日の宿代にはじゅうぶん足りるだろう。落ち着いて荷解きをして、宿の人に手紙の差出人の住所に行く方法を聞けば良いのだ。

とても簡単なことに違いないが、途方もなく恐ろしくも思えた。

インクの文字の消えかけた葉書を手に、見知らぬ街をひとり右往左往する自分の姿が目の前に浮かんだ気がして、幸恵は眉間に皺を寄せた。

「まずは宿を探さなくちゃ。駅に戻って聞いてみましょう」

ひとり言なのに、ひどく乾いた苦しそうな声が出た。

まっすぐ駅舎だけを見つめて、兵隊さんのように背筋を伸ばして手足を強張らせて歩き出す。

その時、

「幸恵さん、こちらですよ！」

と呼ぶ声が聞こえた。

はっと顔を上げる。

人力車に乗った男が、こちらに向かって中折れ帽を振り回していた。

痩せぎすの顔によく整った口髭。丸い眼鏡。前に会ったときとは違う色の背広姿だった。

男――金田一京助はいかにも慣れた様子で人力車を幸恵の横に付けさせると、

「よく来てくれました。お疲れでしょう。さあさあ、早くお乗りくださいな」

と、屈託ない笑顔を向けた。

思わず身体中の力が抜けた。見知らぬ地で知った顔に出会うことが、これほど安心できることとは。

ずいぶん長い間待たされた恨み言の一つも思い浮かべるのも忘れて、今は金田一の姿がただただありがたかった。

「先生、お久しぶりです」

感無量の思いで、どうにか言葉を絞り出した。少し気を抜いたら嬉し涙に泣き崩れてしまいそうだった。

幸恵を乗せて人力車が走り出す。

牛馬の匂いがしない代わりに、車夫の身体から汗と燻されたような煙草の匂いが漂った。

大きな車輪からは道の凹凸がまともに伝わってきて、幾度も座席から尻が跳ね上がった。だがそれもすぐに慣れて、上手く力を逃がす方法がわかるようになる。

風が涼しい。電柱の前で待っていた間に、自分のうなじが汗びっしょりになっていたことに気付く。

「幸恵さんは、以前お会いした時と少しも変わりませんね」

金田一の言葉に、あれっと首を傾げる気持ちになった。

「ご結婚されたと伺いました。おめでとうございます」

続いた言葉に、ああそうか、と気付く。

金田一が発したのは、紛れもなく妙齢の人妻に向けたお世辞の言葉だ。

あらあらちょっと見ないうちに一層美しくなって、立派になって、という若者の成長を喜ぶ言葉は、もう私には掛けられることはないのだ。

仮祝言（かりしゅうげん）の夜に夫と褥（しとね）を共にしたときの数倍の実感を伴って、私はもう結婚しているのだ、という事実が身に迫る。

明るい日差しを浴びて力いっぱい走り出したところで、急に暗い影が差すような気がした。

「妻があなたに会うのをとても楽しみにしております。お喋りが好きな女なので、どうぞ無理のないようにお付き合いいただけましたら」

金田一が妻の顔を思い出したかのように、視線を上に向けてくすっと笑った。

〝妻〟という言葉を聞いて、はっとした。

途端に、胸の中を漂っていた靄がするすると消えていく。

夫のことを思い出して気が重くなるなんて、馬鹿げている。私は疚（やま）しいことなど何ひとつない。

私は北海道に家族を残してやってきた正真正銘の〝人妻〟だ。これからしばらく金田一先生と〝ご家族〟のところで、アイヌ民族の口承文芸であるユーカラの筆録・翻訳のお手伝いをするのだ。

「私も奥さまにお目にかかるのが楽しみです」

できる限り大人びて聞こえるようにと低い声で答えた途端、車輪がごとんと鳴って金田一のほうへ身体が倒れ込んだ。

「わっ、幸恵さん、大丈夫ですか？」

金田一が幸恵の肩を抱かんばかりに手を差し伸べてくるのを、慌てて身を引いて躱（かわ）す。

座席に力いっぱいしがみついて、どうにか体勢を立て直した。

「騙されているのよ。きっとその男は、幸恵を東京へ誘い出して囲い者にしようとしているんだわ。和人の男の考えそうなことよ」

胸に映るナミの表情は、どこか得意げだった。

ねえハポ、いい加減にしてよ。金田一先生は、間違っても私のことをそんな目で見るような方じゃないわ。ただアイヌの研究に自分の情熱のすべてを捧げていらして、そのために私の力を借りたいと仰っているの。

幸恵は喉の奥を震わせた。

私は金田一先生を信じるわ。私は金田一先生の偉大な研究のお力になってみせる。

こっそり金田一の横顔に目を向けた。

目ざとく気付いた金田一は、あとどのくらいかかるのかと聞かれたと思ったのだろう。人力車の向かう先をまっすぐ指さした。

「じきに、私の母校である東京帝国大学が見えてきます。家はそこからすぐのところです。北海道に比べたら東京なんて、猫の額よりももっと狭いくらいのものです。もうあと少しですよ」

金田一は車夫にまで聞こえるくらい大きな声で、機嫌よく言った。

東京帝国大学という厳めしい響きに、胸が震えるくらいに金田一を頼もしく思う。

同時に、今この場にいる自分自身を誇らしく思う気持ちにも包まれる。

私は、この人のために自分の力のすべてを捧げようと誓っている。だがその熱い気持ちには、男女の思慕なんてものは微塵(みじん)も混ざっていないのだ。

ねえ、ハポ。きっとハポにはわからないでしょう。

立ち並ぶ石造りの建物を眺めていると、言葉は胸の内からいくらでも溢(あふ)れ出てくる。

おくれ毛をなびかせる東京の風は、むせ返るような自由の匂いがした。

3

幸恵は両手足を投げ出して、茶の間の土壁に背をもたせかけた。

ふうっと長い息をつくと、唇から魂が煙になって抜けていくような気がした。

「ああ、疲れた。ほんとうに、ほんとうに疲れたわ……」

室蘭港で京城丸(けいじょうまる)に乗り込んでから、実に二日近くが経っていた。

金田一家に着いた途端、目の前が暗くなるような激しい疲労感に襲われた。

旅行鞄の中身を出して、服の皺を伸ばして衣紋(えもん)掛(か)けに掛けなくてはいけない。育ての母のマツから預かった金田一宛の手紙も探しておかなくては。

やらなくてはいけないことが次々と頭に浮かぶのに、一旦緊張の糸を緩めてしまうと、どうやっても身体が動かない。長旅の疲れがどっと背中にのしかかってくるような気がした。

背を丸めて、一度二度と空咳(からぜき)をした。

幼い頃から心臓を悪くしていたせいで、疲れると胸のあたりを庇(かば)うように背が丸くなる。

「幸恵、姿勢はその人の人となりを一目で表します。人前では常に背筋を伸ばしてまっすぐに前を見て過ごすのですよ。そうすれば心ある方ならば必ず、この娘は只者ではないと気付いてくださいます」

マツの厳しい言葉が脳裏を過(よぎ)るが、ここで幸恵を見咎(みとが)める人は誰もいない。

もう一度、存分に背を丸めて咳をしてみた。次々と咳を呼び起こす気管が痒(かゆ)くなるような感覚に、慌てて唾を飲み込む。

もう一度長く息を吐いて、呼吸を整えた。

金田一の書斎からラジオの音が聞こえていた。

「いのち短し、恋せよ乙女」

数年前から巷(ちまた)で大流行している『ゴンドラの唄』だ。旭川のような田舎でも、電気屋に公民館、それに教会。ラジオのあるところでは決まってこの曲が流れていた。

マツの教会に通うアイヌの子供たちにせがまれて、オルガンで伴奏をつけてこの歌を歌ってやったことを思い出す。

「いのち短し」という物悲しい歌い出しにマツが「教会で歌う歌ではありません」と嫌な顔をしないかと心配になった。だがマツは、流行歌に沸き立つ一同を冷ややかな目で見ていただけだった。

きっとお母さまはこの『ゴンドラの唄』が嫌いではなかったのだ。流行りものになんて興味がないような顔をして、私がオルガンを弾いて歌うのを密かに楽しみにしていたに違いない。

水の流れをゴンドラに乗って揺蕩(たゆた)うような甘い旋律に、唇を一文字に結んだマツの顔を思い出して、幸恵はふっと笑った。

旭川の光景のすべてが遠い昔の思い出のように胸に沁(し)みた。

あんなに嫌でたまらなかったはずの北海道、ここから出て生きることができればどれだけいいだろうと思い続けた北海道が、ここにいると懐かしい故郷として思い出されるなんて。

足の親指を曲げたり伸ばしたりしながら、黒く汚れた足袋(たび)の爪先を見つめた。

「なんだか夢みたい。旭川も、東京も。どっちも夢の中のことみたいだわ」

日に焼けて黄色く毛羽立った畳をそっと撫でた。

これまで幾度となく手紙の宛先に書いた本郷区森川町という場所は、細くて急な坂道が入り組んでいた。所狭しと家が並んでいるのに、人影はほとんど見当たらない静かなところだ。

いくつもの坂を上りあちこち角を曲がるうちに、車夫が苛立ちを隠さない様子で乱暴に滝の汗を拭い出したので、幸恵はいい加減にしろと放り出されるのではないかとひやひやした。

「ここです。ここが私の本郷の家です」

金田一が指差した平屋は、幸恵が想像していたよりもはるかに小ぶりで古い家だった。

「二間半もの広い庭がある家はここいらでは珍しいのですよ」

金田一は得意げに言って、木材が朽ちて壊れたままになっている門を勢いよく開けた。


ラジオから流れる旋律をなぞる、小声の鼻歌が聞こえてきた。

この家の女中の菊が、台所で夕飯の支度をしているのだ。醬油の煮立つ匂いが家中に立ち込めていた。

菊は幸恵より二つ年下の十七だと聞いた。金田一の故郷の盛岡からやって来たという。

上野駅で見つけた風呂敷包みの娘とちょうど同じくらいの年頃だったが、比べ物にならないくらい垢抜けた、細い眉に気丈な顔立ちの娘だ。喋り方にも身のこなしにも土地に馴染んだ者の余裕が感じられた。目尻にちょんとある泣き黒子(ぼくろ)も、何とも洒落て見えた。

「幸恵さんですね。お待ちしていました。奥さまは先ほどからお部屋でお休みですので、また調子が良くなられましたらお目にかかると良いでしょうね」

金田一の妻への丁寧な挨拶の言葉を何度も頭の中で唱えていた幸恵を、菊は赤ん坊を手慣れた様子であやしながら出迎えた。歯を見せてにっと笑う。女主人の目がないせいだろうか。使用人というよりは、まるで親戚の娘が下宿にやってきているかのような無邪気な笑顔だった。

東京とはすごいところだ。女中という身の、年端も行かない娘でさえこれほど華やかに見えるのなら、きっとこの家の奥様は眩(まばゆ)いばかりに光り輝く美しい方に違いない。

人力車で金田一から聞いた「お喋りが好きな女」という言葉からは、いかにもお嬢さん育ちの可愛らしい若妻が想像できた。

「こんにちは、知里幸恵です。どうぞよろしくね。これからいっぱい遊びましょうね」

通り一遍の挨拶を終えると、膝を屈(かが)めて、菊の腕の中の赤ん坊に話しかけた。

若葉(わかば)という赤ん坊はちょうど一歳になるかならないかくらいだろうか。よく太って艶やかな肌をした、生きる気力の漲(みなぎ)った赤ん坊だ。

若葉の真ん丸の頬に人差し指でちょい、と触れると、きゃっきゃと可愛らしい顔を綻(ほころ)ばせて笑った。

「こらこら、遊んでいる間なんてありませんよ。幸恵さんには私の書斎にある机を使っていただこうと思っています。それで存分に勉強をしてくださいね」

背後から金田一の機嫌の良い声が聞こえた。

この家に着いてから、金田一の言葉遣いはより一層丁寧になっている。

四年前に会ったときも、まるで手紙の文章のように綺麗な言葉を話す人だと感じたが、改めて聞くとまるで女のようにさえ感じる。

「手が空きましたら私が運んで参りますよ。とはいっても、もうすぐ春彦（はるひこ）ぼっちゃんがお友達の家から戻ってきますので、しばらく家の中はてんてこ舞いです。お仕事に取り掛かれるのはだいぶ先になりますが」

対する菊は、雇い主相手にずけずけと物を言う。

「ありがとうございます。よろしく頼みますよ」

金田一は囁（ささや）くような声で言って、幸恵を振り返らずに書斎に消えた。

4

金田一の妻の静江（しずえ）に会ったのは、次の朝遅くだった。

前の夜のうちに菊が書斎から茶の間に大きな机を運び込んだ。分厚い一枚板に木目が美しい、いかにも学者が好みそうな、豪華で頑丈な机だ。

大きく手を広げてうんっと唸り難なく机を運んだ菊の姿に、金田一は「お菊さんのような力持ちが家にいると、本当に助かります。私は腰を痛めていまして、力仕事はからきし駄目なのですよ」と目を細めた。

「ここに幸恵さんからこれまでに送っていただいたユーカラを記したノートがあります。日中にすべて読み返してみてください。その際に何か気付いたことがありましたら、どんなに小さなことでも良いので、必ずすべてメモを取ってくださいね。夜に私が大学の講義から戻りましたら、今日の研究の成果をうかがいましょう」

今朝、金田一は早口でそう命じると、小学校へ通う息子の春彦と連れ立って軽い足取りで出かけて行った。

菊は若葉をおんぶ紐で背負って鼻歌を歌いながら、庭で洗濯物を干している。鼻歌の旋律は『朧月夜』だ。朝の光の中、「菜の花畠に入り日薄れ」と、しっとりと歌い上げる。

そんな菊の大らかなところが微笑ましかった。

朝の喧騒が過ぎてしまえば、ここは水の底のように静かなところだ。虫の音や木の葉の音、川のせせらぎが聞こえないのはもちろんのことだが、何よりここでは風の音がしないのだ。

幸恵は机の前に座って、見覚えのある三冊のノートに手を伸ばした。鼠色の表紙に額縁のような洒落たデザインの施された、美しいノートだ。

真新しいノートが三冊まとめて、旭川の教会に届いたときの喜びを思い出す。

旭川区立女子職業学校を卒業後、持病が悪化して臥せっていた頃に届いたノートと手紙は、身体の辛さをしばしすっかり忘れるほどに嬉しい贈り物だった。


御病気はその後如何ですか。どうぞ一日も早くおさっぱりなさるよう祈っております。このノートブックをあなたの「アイヌ語雑記帳」の料として何でもかまわず気のむくままに御書きつけなさい。それは私のためでなく、後世の学者へのあなたの置きみやげとしてです。あなたの生活はそれによって不朽性を持ってくるのです。永遠にその筆のあとが、二なき資料となって学界の珍宝となるのです。えらい事を書こうとする心は不必要で、ただ何でもよいのです。それが却って大事な材料となるのです。


アイヌ語の研究のため北海道に訪れていた金田一と出会ったのは、四年前だ。

函館にあったアイヌ民族のための愛隣学校の創設者でもあるイギリス人、ジョン・バチェラーの紹介で、旭川にあるマツの教会を訪ねてきた。

金田一の目当ては、マツ、幸恵と同居していた祖母のモナシノウクだった。

ユーカラの名手であるモナシノウクの噂を聞きつけて、ぜひとも直接聞き取りをさせて欲しいと頼み込んできたのだ。

金田一が教会を訪れたのは、日が傾きかけた夕暮れだった。モナシノウクのユーカラは夜遅くまで続き、金田一は教会に泊まっていくことになった。

「幸恵さんは上の学校に進まれているのですね。ということはつまり、アイヌ語だけではなく日本語を使いこなし、英語まで学ばれているという理解でよろしいのでしょうか？　いやあ、それは大変すばらしいことです」

朝食の席でマツから幸恵が旭川女子職業学校に通っていると聞かされた金田一は、顔を真っ赤にして大いに喜んだ。

それから頻繁（ひんぱん）に届くようになった東京の金田一からの葉書は、次第にモナシノウクでもマツでもなく、顔を合わせた時にはろくに話すこともなかった幸恵に宛てたものとなった。

あなたの生活はそれによって不朽性を持ってくるのです。

アイヌ語に関する質問に答えたり、モナシノウクの代わりにユーカラの覚書を作ったりと、数年に渉る手紙の遣り取りを経て、いつの間にか金田一の葉書の文面は、気後れするほどの熱を帯びるようになっていた。

だが金田一は幸恵たちアイヌ民族の言語と文化を称え、是が非でもその素晴らしい歴史を途絶えさせてはいけないと熱く語る一方で、和人がアイヌを揶揄（やゆ）する「土人」という言葉をはばかることなく使った。

ここは土人がすっかり開けて研究の資料はありません。これから厚岸(あっけし)に参ります。

と手紙に平気で書いてくるような具合だ。

幸恵にとって、またすべてのアイヌにとって「土人」というその響きに良い思い出があるはずがない。

幼い頃は和人の子供に「土人」とからかわれたら、棒切れを振り回して向かって行った。大人になってからは、すれ違いざまに投げかけられる低い侮蔑の声にはらわたが煮えくり返るような思いをした。

だが金田一のアイヌ研究へ向ける凄まじい情熱には、その言葉に目を留めてはいけないと、こちらのほうが気を遣ってしまうような迫力があった。

何より金田一が、アイヌ語と日本語を操る幸恵の語学力を、どうやら自分の研究の大きな助けになると踏んでいるらしい、という事実が嬉しかった。

〝不朽性〟という重々しい言葉。胸の中で唱えてみると、胸が甘くくすぐられた。

東京行きをさんざん反対した母親のナミは、こんな言葉を人生で一度でも使ったことがあるだろうか。

続いて夫の村井の顔をちらりと思い浮かべてから、それはいけない、と慌てて首を横に振る。

私はきっと必ず、この金田一という学者を驚嘆させるようなもの、あなたのおかげでとんでもない研究が成功した、と狂喜乱舞するようなものを書いてみせる。

モナシノウクの謡うユーカラを、真新しいノートの罫線にびっしりと書きつけながら、幸恵は身体の底から力が漲るのを感じた。

幸恵のノートは、金田一によって何度も何度も読み返されたのだろう。ずいぶんくたびれて、鉛筆の粉で付いた指紋であちこち汚れていた。

小包で送ったときには、百科事典のように丁寧に油紙で包んだはずだが、そんなものはとっくに破り捨てられていた。

大きな手の指の跡に、何とはなしに自分の人差し指を重ねてみる。

「はじめまして。どうぞ心ゆくまでごゆっくりなさってね」

背後から聞こえた声に、跳ねるように振り返った。

女が茶の間の襖に寄りかかるようにして立っていた。

まるで十五にも満たない娘のように、小柄で華奢な身体つきの女だ。長い睫毛の目元は艶々した黒目がちの瞳だ。

「家内の静江でございます。なんて朝寝坊な人だろうと呆れていらっしゃるでしょう」

静江は視線をあらぬ方へ向けて自嘲気味に笑った。

肌艶からするとまだ三十をいくつか過ぎたところだろう。美しい顔立ちのはずなのに、首を前に突き出して話すせいで、もっと年嵩にも見えた。

「はじめまして。知里幸恵です。こちらでしばらく御厄介になります」

慌てて向き直って、深々と頭を下げた。

「知っているわ。日高からいらしたのよね」

言い終わらないうちに静江はあっと小さく呟いて、こめかみに中指を当てた。

「ごめんなさい、勘違いをしていたわ。日高からいらした方というのは、三日前にお帰りになったばかりよ。ええっと、それじゃああなたは……」

「旭川です。旭川の教会の金成マツのところから参りました」

幸恵は身を強張らせて答えた。

「旭川の教会……」

静江が曇った目で小首を傾げる。

「札幌のジョン・バチェラー先生からのご紹介です」

北海道のアイヌ関係者で、ジョン・バチェラーの偉業を知らない者はいない。

だがバチェラーの名は、静江にとっては特に興味を惹かれるものではなかったようだ。

「そう、どうぞお励みになってね。この家には幸恵さんのように北海道からアイヌの方が、入れ替わり立ち替わりいらっしゃるものだから。私のなまくらな頭じゃ、どなたがどなただかちっとも覚えていられないの」

幸恵は静江の顔をまじまじと見つめた。

この家へやってきたアイヌは私が初めてではない。そう聞かされて、思った以上に衝撃を受けていた。

ほんの三日前までこの家にいたというアイヌが男なのか女なのか、若者なのか年寄りなのかはわからない。だが今の幸恵と同じようにアイヌという存在を背負ったような晴れがましい心持ちで、この机に向かっていたのだろうか。

「お水を飲んだら、私はもう一度寝るわ。何か困ったことがあったら、お菊さんに言うといいわ。あの人はとても体力のある人だから」

静江は頭痛を抑えるように、血の気の失せた額に掌を当ててみせた。

「どうぞお大事になさってください。何か私にできることがありましたら……」

幸恵の硬い声に、静江はただ寂しそうな目をして微笑んだ。

第二章

静江

1

群衆が押し寄せてくるような不穏な地響きに、目を覚ました。

幸恵は早朝の白い光の中で茶の間の天井を見つめた。隣で菊が低い寝息を立てていた。

地響きに聞こえたのは大通りを走る車の音だ。

東京の朝は遅い。女中の菊でさえ目を覚ますのは六時を過ぎてからで、家の人たちが朝の支度を始めるのは七時近くだ。それでも寝起きの菊はまだまだ寝足りないという顔をしているので、変な時間に起こしてはいけないと細心の注意を払う。

北海道での幸恵は、窓辺が明るくなると同時に目覚め、凍りつくように寒い中で掃除や洗濯や食事の用意といったあらゆる家事をこなしていた。目覚めてから一時間近く、こうして息を殺して布団の中で天井を眺めている時間は不思議だった。

暇を持て余すくらいなら菊の朝の仕事を代わりに済ませておいてやりたいとも思うが、それは金田一から固く止められていた。

「おやおや、幸恵さんは私の研究の先生をしてくださるためにいらしたんですよ。家のことなぞしていてはいけません。お菊さんにすべてお任せして、ただ一心に勉強に励んでくださいませ」

数日前の朝食の席で「何かお手伝いをさせてくださいな」と腰を上げた幸恵に、金田一はそう返した。

「ほんとうに、それでよろしいんでしょうか？」

幸恵は卓袱台と台所との間を駆け回る菊に、そして眉間に皺を寄せて春彦の口元を手拭いで拭く静江に目を向けた。

「もちろんですとも。さあ、今日もお互い頑張りましょう。私と幸恵さんのやろうとしていることは、この国の和人にとって、そしてアイヌにとって、途轍（とてつ）もなく大きな功績となるものですよ」

金田一が得意げに胸を張って、茶碗に山盛りの白米を掻き込んだ。

菊と静江の二人の女が、金田一の言葉なぞ終始何も聞こえていないような顔をしていたのが、しばらく胸に残った。

冴えわたってしまった頭でここ数日の出来事をつらつらと思い返しているうちに、ふいに枕元の目覚まし時計がけたたましい音を立てた。

「ああ、もうっ！」

まさか舌打ちでもするのではと身構えるような乱暴な調子で、菊が身体を起こす。鳥の巣のように乱れた髪をくしゃりと握って、気だるげに周囲を見回す。

「お菊さん、おはようございます」

「……ああ、おはよう。よく寝られたかしら」

菊の寝起きの姿はまるで二日酔いの男のようだ。顔は浮腫(むく)んで目はうつろ、陽の光に忌々しそうに目を細める。

だが一旦目を覚ましてしまえば、仕事ぶりは鮮やかだった。

白米と味噌汁、それに浅漬けを添えた朝食を手際よく作り、その合間に金田一が大学に着ていく服を揃え春彦を着替えさせて、赤ん坊の若葉のおむつを替える。

ふと気付くと、いつの間にか起き出してきた静江が、卓袱台の前に心ここにあらずという顔で座っていた。静江は菊の働く様子をぼんやりと濁(にご)った目で眺めている。

「奥さま、おはようございます」

手持ち無沙汰は幸恵も同じだ。正座した膝の上に両手を揃えて頭を下げた。

「おはよう、晴れてよかったわ。私はひとたび雨が降ってしまったら最後、どうやってみても布団から起き上がれなくなってしまうんですもの」

静江が窓の向こうの二間半の庭に目を向けた。鼠色の雲の隙間からかろうじて朝の日差しが覗いていた。

「今日一日、どうにか持ちこたえてくれそうな空模様ですね」

静江の言葉に潜む不穏な調子には気付かないふりをして、相槌を打つ。

まったく東京の朝は遅い。みんな夜が遅いせいだ。まだ小学生の春彦でも大人に合わせて九時近くまでラジオを聴いたり本を読んだりして、だらだらと起きている。

宵っ張りのこの家で誰よりも遅くまで起きているのは、静江だ。

静江の足音はすぐわかる。洋風の洒落た室内履きの底が板のように固いせいで、歩くとこつこつ音が鳴るのだ。

灯りが消えて家中が寝静まった真夜中、静江のこつこつという澄んだ足音は妙に力強く、どこか寂し気だった。

静江が便所の扉を閉じる拍子に、茶の間の窓がかたかたと揺れた。台所で水を飲もうとしたのか、やかんを派手にひっくり返す音がする。

奥さまはほんとうは、皆に目を覚まして欲しいのかもしれない。こんな夜遅くになっても私はまだ眠れていないんだ、と気付いて欲しいのかもしれないな。

夢うつつの胸の内でそんなことを考えながら、それでも幸恵はあっさりと睡魔に負けて眠りに落ちていくのだった。

「おはよう、幸恵さん！　よく眠れましたか。これから当分は、以前あなたからお送りいただいた『アイヌ神謡集』の推敲に集中してくださいませね。推敲、といいましても、何も難しいことではありません。ご自身の書いたものを見直していただいて、より良い形にするように手直しをしてくださいませ、というだけの意味ですよ」

背広に着替えた金田一が茶の間に飛び込んできた。

幸恵ただひとりだけを見据えて、身を乗り出して矢継ぎ早に喋る。

「は、はいっ！」

幸恵は背筋を伸ばして大きく頷く。

「春彦、こちらへいらっしゃいな。早く食べてしまいなさい」

静江が、台所で背伸びして菊の手元を覗き込んでいる春彦の背に声を掛けた。

「はあい、お母さま。今日のお魚は塩鮭のようですよ」

春彦がにんまりと笑って、静江に甘えるように身を寄せた。

「ねえお菊さん、まだかしら？　急いでくださいな。春彦は慌てて食べると服にこぼすのを知っているでしょう？」

静江が少々険のある声を出した。

「ところで幸恵さん、中條百合子さんという女史をご存じですか？　もう六年ほど前になりましょうか。女学生の頃に『貧しき人々の群』という作品を発表してずいぶんと話題になった女性です」

　金田一が幸恵の顔を覗き込む。

「えっ？　ごめんなさい、存じ上げません」

　この家では皆がてんでばらばらに話す。話の流れにさっぱりついていけない。

「中條百合子さん、今はアメリカのコロンビア大学で出会った方とご結婚されて、荒木(あらき)さんと仰るのですが、皆さん今も中條さんと呼んでいますね。近々、その彼女がこの家に遊びに来ることになりました」

　金田一が背広の胸ポケットから葉書を取り出した。細かい文字がびっしりと書き綴られている。

　幸恵ははっと息を呑んだ。

　葉書に書かれていたのは、これまで見たこともないほどに乱雑に書かれた字だった。

　百合子、という美しい花の名の女。アメリカのコロンビア大学で学んだ男の妻。そんな華やかな響きと、目の前の力任せに書き殴ったような筆跡はそぐわなかった。

「百合子さんが何をしにいらっしゃるの？」

　静江が春彦にお茶を飲ませながら、顔を上げずに訊いた。春彦の口元を丁寧に手拭いで拭く。

「何をしに、って、そんなに難しい話ではありませんよ。私と話をしに来るだけです。彼女がお父さまに従いてアメリカへ遊学に行かれてからは、しばらくお会いできていませんでしたから ね。そういえば、百合子さんに初めてお会いしたのは札幌のバチェラー先生のところでしたね」

金田一が幸恵に向かって言った。

「百合子さんというのは、北海道の方なんですか？」

ジョン・バチェラー、という知った名前が出てきたことに驚いて、幸恵は思わず訊いた。

「いいえ、まさか！　百合子さんは建築家の中條精一郎先生の娘さんで、ご実家は小石川です。北海道に滞在されたときもあったようですが、それはほんの一時期だけのことです」

金田一が案外強い口調できっぱり否定した。

「ですが彼女はたいへんな勉強家です。それに並外れた行動力もある。私が出会った時は、バチェラー先生のところで小説の取材をされていたのです」

「小説の、取材ですか……」

幸恵は恐々と繰り返した。何から何まで、自分とは違う世界の話だ。

「春彦！　こらっ！　もう、どうしてあなたはそうなの！」

静江が悲鳴を上げた。春彦の白いシャツの胸元に味噌汁が飛び散っていた。

「手拭いを濡らしてお持ちしますね」

ちょうど腰を下ろしたところだった菊が、再び素早く立ち上がる。菊の背中でおんぶ紐にくくられた若葉が「うー」とご機嫌な声を出す。

「ああもう、滅茶苦茶よ。こんなんじゃ駄目。ぜんぶ台無しだわ！」

静江が金切り声を上げる横で、当の春彦はちっとも応えた様子はなく「えへへ」と照れ臭そうに笑っていた。

2

東京では街中でもカラスが鳴く。どの家も、台所で出た生ゴミを庭に埋めているせいだ。カラスたちはそれを目ざとく見つけると、住人の隙を狙ってほじくり返す。土の中からリンゴの芯や魚の頭など予想外の大物を見つけると、ぎょっとするような大声で高らかに喜びの歌を歌う。

「ツ　ピンナイ　カマ　レ　ピンナイ　カマ」

幸恵は微かに唇を動かして、ノートに書いた文字を謡うように読み上げた。

「兎が自ら歌った謡『サンパヤ　テレケ』」では、この特徴的な節を繰り返す。

幼い頃に祖母のモナシノウクと過ごした、ヲカシベツの山奥の小さな茅葺きのチセ（アイヌ住宅）が蘇る。

外が雪深く凍り付くように寒いからこそ、家の中ではどんどん薪を焚く。背中を冷たい隙間風が通り抜けるのに、炉の火に面した身体の真っ正面は目玉が焼けるほど熱い。

「ツ　ピンナイ　カマ　レ　ピンナイ　カマ」

「二つの谷、三つの谷」

色とりどりの花が咲く登別の庭に、一匹の仔兎がひょこんと現れた。

仔兎は小さな後ろ足をいっぱいに伸ばして、二つの谷、三つの谷を軽々と遠くまで飛び越えていく。

仔兎には兄さんがいる。人間の仕掛けた罠(わな)に引っかからないばかりか、いたずらをして壊してしまう、悪知恵の働く兄さん兎だ。

しかしこの日、仔兎がいつものように野山を駆け回っていると、いつもと違う光景に出会った。

兄さん兎が、罠にかかって泣き叫んでいるのだ。

兄さん兎は仔兎に、村へ戻って助けを呼んでくれるように頼む。

「ツ　ピンナイ　カマ　レ　ピンナイ　カマ」

仔兎は慌てて、二つの谷、三つの谷を駆け戻る。

村へ着いた仔兎は皆に兄のことを知らせようとするのに、どうしても言葉が出てこない。

二つの谷、三つの谷を駆けている間に、何もかもすっかり忘れてしまったのだ。

「ツ　ピンナイ　カマ　レ　ピンナイ　カマ」

再び仔兎は、二つの谷、三つの谷を飛び越えて兄さん兎のところへ戻る。

しかしそこには兄さん兎の血だけがあった。

「ツ　ピンナイ　カマ　レ　ピンナイ　カマ」

罠に掛かった兄さん兎は、人間の若者に捕らえられて毛皮ごと身体を切られてしまう。

鍋に入れられて煮られながら、兄さん兎は想う。

——私はつまらない死に方、悪い死に方をしなくてはいけない。

兄さん兎は、これまでたくさんのいたずらをしてきたことを心から悔いる。

再びカラスが鳴いた。

飛び出してくる人の気配に気付いたのだろう。庭木に正面からまともにぶつかって慌てて飛び立つ、ばさばさという不穏な羽音。

「こらっ！　あっちへお行きったら！　ねえお菊さん、あなたのせいよ。今度から庭の穴をもっと深く掘っておく、って約束をしたじゃない。私、カラスって大嫌いなの。何度も言っているでしょう？」

庭先で静江の苛立った声が響く。近所中に聞こえてしまうのでは、と思わずひやりとする大声だ。

「すみません。でも、今回は相当深く掘ったつもりでしたけれどね……」

「足りないのよ。もっと、ちゃんとやってちょうだい。ちゃんとよ」

静江の鋭い言葉に、まるで幸恵が怒られているような気分になる。しばらく息を殺して耳を澄ましていたが、ついに菊は一言も答えなかった。口答えもしない代わりに、「承知いたしました」の返事もしない、ということだ。

幸恵は気を取り直して、一旦ペンを置く。ノートを見直す。

祖母のモナシノウクの謡った十三のユーカラが綴られていた。

ノートの左半分には、アイヌ語の響きを聞こえたままにローマ字で書き取った。右半分には一行ごとに日本語の訳をほどこしてある。

手前味噌だとわかっていても、惚れ惚れするように美しい文字だと思う。

旭川にいた頃の私が、このノートへ込めた深い想いを考えれば、綺麗な字で書くのは当然だ。長い時間をかけて丁寧に、決して間違えないように息を殺して、まるで人形に目を入れるような気持ちで一文字ずつ綴ったのだ。

東京から来た立派な学者の先生の役に立ちたかった。

幼い頃から、私は勉学の才能に恵まれているという自負があった。その力を心ゆくまで発揮したかった。

消えゆくアイヌの口承文芸を、アイヌの文化を残したかった。

そして何より、このノートは私をどこか遠くへ運んでくれると信じた。私の知恵が、才能が、身が震えるような悔しい思い出に溢れた北海道を飛び出す力になってくれると信じた。

ふいに、今朝目にしたばかりの中條百合子の葉書が思い返された。

有名な建築家の娘で、若くして名声を手にし、父に従いてアメリカに遊学するような生粋のお嬢さま。彼女はきっとその筆跡のように、思いのままにのびのびと生きることを許されているのだ。

私は嫉妬なんてしないわ。ほんの少しもよ。だって私とはあまりにも生きる世界の違う人だもの。

幸恵はノートの頁をぱらぱらと捲った。形の揃った文字が小気味よく視界を流れる。

私にはここでやるべきことがある。

幸恵は先ほどの言葉をもう一度胸の中で唱える。

東京から来た立派な学者の先生の役に立ち、アイヌの文化を——。

「失礼、お勉強のお邪魔をしましたでしょうか」

ふいに聞こえた囁き声に、驚いて顔を上げた。

目を見開く。

茶の間の入り口で、背広姿の金田一が口元に人差し指を添えて「しいっ」と言った。

「今日の講義は休講になりました。慌てて駆け戻って参りましたよ。帰り道は、一刻も早く幸恵さんとアイヌ語のお話をさせていただきたくて、居ても立っても居られませんでした」

金田一は文字どおり駆け戻ってきたのだろう。息が上がって頰が桃色に染まっていた。照れ臭そうに目を伏せて、幼い春彦とそっくりな仕草で下唇を舐めた。

「まあ、そうでしたか。ではすぐに、お菊さんをお呼びしますね」

幸恵は廊下の奥に目を向けた。

いったい菊は今、どこにいるのだろう。外で洗濯物を干していたのはずいぶん前に終わったようだ。若葉の泣き声もしばらく聞こえない。だが買い物に出かけてしまったなら、玄関の戸に括り付けられた鈴が鳴るはずだ。

「なぜですか？　お菊さんは必要ありませんよ」

金田一が魂を取られたように澄んだ目をして、幸恵の顔をまっすぐに見た。

「ええ、でも。お茶のご用意が……」

幸恵は視線を泳がせた。金田一と真正面から向き合うことに妙な居心地の悪さを感じる。

「そんなことよりも、私はあなたとお話をしたいのです。あなたと心行くまでアイヌ語の深い議論を交わしたいのです」

金田一が山高帽を取って、帽子の鍔で幸恵をゆっくりと指し示した。

机の前に座ると、鞄から重そうな辞書を取り出す。さらにボロボロになったノートを幾冊も重ねていく。

幸恵は胸の奥にさざ波が立つような心持ちで、鉛筆を削り出した金田一の姿を見つめた。

金田一のアイヌ語への情熱は疑うところはない。彼はただ、自身の研究の中で芽生えた疑問や、新たな課題に向き合いたくてたまらない人なのだ。

けれど——。

幸恵はごくりと唾を呑んだ。

金田一の情熱の中には、こちらの肌がひりつくほどの欲望を感じる。それは、いつ肉欲に転じたとしても少しもおかしくないような生々しさを伴う欲望だ。

そんな激しい情熱を抱える人に寄り添うことは、薄氷を踏みながら進んでいくような危なっかしいものだ。背中にどっと重いものを委（ゆだ）ねられるような。身体の内側から爪を立てて掻き回されるような。

幸恵の肌にざっと鳥肌が立った。

駄目だ、そんなことを思ってはいけない。

幸恵は眉間に深い皺を寄せた。

欲望だって？　これほどまでに熱心に学問に向かい合っている方に対して、私はどうしてそんな品のない危惧（きぐ）を抱くんだ。

「もっと近くへいらっしゃいな。幸恵さんの作業のほうはひとまず片付けて、一緒に私の文法ノートをご覧になってくださいな。とても難解な、しかし賢い幸恵さんでしたらきっとすぐに答えていただけるに違いない質問がいくつもあるのです」

金田一が猫撫で声で幸恵を手招きした。

再び庭でカラスが鳴く。

うわあ、と叫び声を上げるように鳴く。ぎゃんっ、と威嚇するように鳴く。

「はい。わかりました。私にお手伝いできることがありましたら、喜んで」

幸恵は胸に広がる黒い染みを消し去るように、強引に笑みを浮かべた。

廊下の奥で、静江の室内履きのこつこつという足音が聞こえた気がした。

3

その夜、幸恵は金田一家の食卓に妙なものが並んでいるのに気付いた。

菊が土鍋で炊いた艶やかな白飯、筍と菜の花の煮つけ、白菜の浅漬け、厚揚げ。何とも食欲をそそる見栄え良い品々の中に、焼け焦げたシシャモがあった。

シシャモの全身は焦げで覆われて真っ黒だ。口が開き白い目玉が飛び出し、直角に折れ曲がった真っ黒なシシャモは、焼死体を思わせる禍々しい雰囲気を放っていた。

「今日は調子が良かったの。あなたが早く戻って下さったから、気持ちが落ち着いたみたいです」

静江が金田一に微笑みかけると、「さあどうぞ。幸恵さんも召し上がって」と、シシャモの皿を幸恵に差し出した。

えっと思ったその時に、菊が素早く目配せをした。

余計なことを言っては駄目よ。何事もなかったように受け取っておきなさい。

菊の顔はそう言っていた。

先に取った金田一は顔色ひとつ変えず、大きく開けた口にぽいとシシャモを放り込む。口の中に紙つぶてでも放り込んだような音を立てて、長い時間をかけて咀嚼（そしゃく）した。

「ありがとうございます。いただきます」

幸恵が強張った表情でシシャモに箸を付けたその時、静江が「あっ」と声を出した。

「お魚、焦げているわね。ごめんなさい。いやだ私ったら、どうしましょう……」

静江は心から済まなそうに言うとこめかみに指を当てた。早足で台所に行って、すぐにちり紙を手に駆け戻ってくる。虫でも捻り潰すように卓袱台の上のシシャモをすべて包んで捨てた。

ほんの少し前の不穏な光景の痕跡は、まるで夢であったかのようにあっという間に消え去った。

幸恵はぽかんと口を開いて動きを止めた。

間一髪で焼け焦げた魚を食べずに済んだことは、静江の幸恵に対するどんな想いを表しているというのか。考えようとしても頭の動きがすっかり止まっていた。

「お母さま、あのね。今日は学校でお歌を習いましたよ。雨のお歌です」

大人の間に漂う緊張感に気付いているのかいないのか、いや、気付いているからこそに違いない。春彦が場にそぐわない甘えた声を出して、静江の着物の袖を引っ張った。

「あらそうなの。けど今は、歌い出さないでちょうだいね。お食事中よ」

静江は優しい声で窘(たしな)めて、春彦の頭を撫でた。どこにでもある家族の平和な団欒(だんらん)の光景がようやく戻ってくる。

幸恵はほっと息を吐いた。

東京での生活にもそろそろ慣れてきた。家の中を漂う雰囲気や静江の言動の端々からそうではないかと思い続けてきた。間違いない。奥さまは心を病んでいらっしゃるのだ。

こっそりと静江の横顔を窺った。

春彦へ注ぐ眼差しはとろけるように暖かい。だが同時に、この子を取られてなるものかという、怒りに似た意志を感じるようにも見えた。

静江の怒りは、主に夫である金田一に向けられているようだ。金田一が茶碗を卓袱台に置くかつんという音ひとつに、口から零(こぼ)れた米粒をさりげなく拾う動作ひとつに、静江は鋭い目を向けた。

「ねえ、なんだかやっぱり具合が悪いの。食事は止めるわ。部屋に戻って休ませてちょうだい」

急に静江が、駄々を捏(こ)ねる子供のように箸をぽいと投げ出した。

具合が悪いというのはほんとうのようで、真っ青な顔をして額から大粒の汗を幾筋も垂らしている。

「おかあさま、だいじょうぶ？」

春彦が顔を覗き込むと、静江はそのときだけ「平気よ。驚かせてごめんなさいね」と母の声で応える。

「お布団を敷きますね。少々お待ちください」

菊がほんの一口しか手を付けていない夕食を前に、素早く立ち上がった。

「お菊さん、どうもすみませんね」

金田一が廊下へ出た菊の背に向かって、囁(ささや)くように言った。

「女中にそこまで気を遣うことはないわ」

ふいに静江が険悪な顔をして早口で言った。まるで他の誰かが乗り移ったかのような、低くて暗い声だ。口調だけではなく、三角形に尖(とが)った目つきからして、まるで別人だ。

「おやめなさいな。春彦が聞いていますよ。それに、幸恵さんもいらっしゃいますよ」

金田一が力なく笑って首を横に振った。

4

「さあ、今夜はお姉さんたちと一緒に眠りましょうね」

菊が背中のおんぶ紐を慎重な手つきで外し、若葉をひょいと胸に抱いた。

すやすやと寝息を立てていた若葉は、ほんの一瞬だけはっと目を見開いて口元を泣き顔に歪める。

「おう、よしよし、いい子いい子」

菊が慣れた手つきで腕を揺らす。若葉はこのまま眠り続けるか起きて泣き出すか迷うように、赤ん坊らしからぬ考え深そうな顔をして周囲を見回した。

「幸恵さん、ランプを消して」

慌てて枕元のランプを消すと、視界はほんの束の間、真っ暗闇に変わった。

だが東京の夜空は明るい。すぐに目が慣れて、窓の向こうに光を湛えた群青色の空が覗き、赤ん坊を抱く菊の姿が浮かび上がる。

「ぐっすりおやすみなさい、いい子ね」

幸恵も優しい声を掛けると、暗闇の中で若葉の顔が穏やかな寝顔に変わったのがわかった。

「この子はとても良く寝てくれる子。こんなに手のかからない赤ん坊は見たことがないわ。きっと大人の言葉がわかるのよ」

菊がいかにも愛おしいという様子で、若葉の頬にちゅっと口づけをした。

菊と幸恵、二人の布団をくっつけた間に、若葉をそっと寝かせる。若葉は、万歳をするように両腕を開いて安らかな寝息を立てた。

息を潜めて若葉の隣に身を横たえると、温かい乳色の靄に包まれるような気がした。

「幸恵さんって末っ子なの？　赤ん坊の世話は初めて？　ずいぶん緊張して見えるわ」

布団に入った菊が可笑しそうに訊いた。

「下に弟が二人います。けど私は小さい頃から祖母や伯母のところにいたので、ほとんど一緒に暮らしたことがないんです」

幸恵の胸に四つ下の上の弟の高央、さらにその二つ下の弟の真志保の面影が蘇る。どちらの弟も、幸恵が祖母のモナシノウクの家に預けられた後に生まれた子だ。

二人とも利発で人懐こい、可愛い弟たちだ。登別の生家に戻るたびに、幸恵カカポ（お姉ちゃん）、幸恵カカポ、と慕ってくれた。

上の高央は呑み込みが早く、ひととおりの勉学は難なくこなしてしまう。だがその自信のせいかめっぽう気が強い。十になるかならないかの頃、アイヌの幼馴染と派手な喧嘩をして、お互い傷だらけになるような事件もあった。

けれど気が強いというのは、自分の足で立って生きる力があることに等しい。

幸恵が気にかかるのは、下の弟の真志保のことだった。真志保の賢さは姉弟の中でも群を抜いていた。高央と比べてはもちろん、アイヌの中で初めて旭川女子職業学校へ進学して秀才ともてはやされた幸恵の目から見ても、この子は普通とは違うと感じる、輝くものがあった。

だが同時に、その賢さは光だけではなく闇をも見透かしてしまう。

北海道のアイヌは、常に和人からいわれない蔑みを受けて深く暗い闇を抱えつつ、同胞と助け合いながらどうにか現実に折り合いを付けて暮らしている。

真志保は幼いうちから、周囲の大人の抱える醜い部分を敏感に察した。まだ育ちきっていない心では、辻褄の合わない物事を、この世の中とはそういうものなのかと諦めることができない。並外れた賢さ故に、自分を取り巻くすべての大人に失望し続ける羽目になる真志保の苛立ちは、傍から見ていると痛々しかった。

名寄で幸恵と村井曾太郎が仮祝言を行った三月、真志保は幸恵が廊下でひとりきりになる瞬間を待ち構えたように追ってきた。

「幸恵カカポ、僕、ここは嫌だ。旭川へ行きたい。幸恵カカポの代わりにマツおばさんの家の子になりたい」

真志保は声変わりが始まったばかりの擦れた声で、目に涙を溜めて打ち明けた。

「もう少し大きくなるまで我慢なさいな。きっとみんな悪いようにはしないわ」

戸惑いつつそう答えた幸恵に、真志保は「もう少し、っていつなの?」と悲痛な顔をして追いすがった。

そろそろ家族に手紙を書かなくてはいけない、と思う。登別のハポ(母さん)と、旭川のお母さま。二人は幸恵からの手紙が届くのを首を長くして待っているに違いなかった。

と、耳をつんざくような悲鳴が響き渡った。

女の悲鳴。断末魔というのはこのことかと思わせる、潰れた長い悲鳴だ。

「きゃっ！」

思わず声を上げて飛び起きた。

息が止まる。心臓が胸の上から拳で叩かれたように激しく鳴る。

悲鳴がぴたりと止まった。

と、もう一度、今度は先ほどよりも凄まじい、吠えるような叫び声。

陶器の割れる、がしゃんという音。続いて家の壁を手当たり次第に叩く音。

「お菊さん！　たいへんです！」

いくら菊の眠りが深いからといって、この騒動の中で寝入っているはずがない。

腰が抜けたようになって、菊の枕元に四つん這いで駆け寄った。

そうしている間にもまた悲鳴。今度は手をばしんと打ち付けるような嫌な音。

「平気よ。いつものことだわ。明日の朝になったらさっぱりしているから」

菊が身を揺らしてくくっと笑った。

「えっ？」

呆気に取られた幸恵に、菊は、「奥さまはこういうのがお好きなの。旦那さまもね」と大人びた口調で続けた。

「……夫婦げんか、ですか？」

そののんびりした響きから想像していたものとは、ずいぶん違う。

がつん、という鈍い音と、「ぎゃっ」という金田一の呻き声。続いて静江がまるでやくざ者の男のように低く太い声で喚き散らす。

「止めに入らなくていいんでしょうか？」

恐る恐る天井を見上げた。同じ屋根の下、廊下を進んだほんの少し先で大騒動が起きているということに身が細る思いがした。

「そんなことしたら、もっとややこしくなるわ。慣れると面白いものよ。私にはちっとも害はないし」

乱暴に雨戸の開く音がした。

「お前がどれほど酷い男か、これから皆に伝えてやろう！」

何かに取り憑かれたような静江の大きな叫び声が響く。

「やめなさい。落ち着きなさい」

金田一の平静な声。

「お前は人殺しだ！　金田一京助は人殺しだ！」

静江が喚き散らした。

〝人殺し〟

　これ以上ない不穏な言葉に凍りつく幸恵に、菊は「平気だってば。いつものことなのよ」と幸恵の反応を面白がるような調子で答える。

「そんな……」

　首を横に振る幸恵の瞳に、ふいに白く輝く真珠玉のようなものが映った。若葉の両目だ。若葉は音もなく目を覚まして、両手足をゆっくりと動かしていた。

「まあ若葉ちゃん、起きていたのね」

　幸恵の言葉に、菊はようやく動き出した。肘枕で身体を若葉のほうへ向けると、若葉の胸のあたりをぽんぽんと撫でる。

　外に飛び出そうとする静江を金田一が押さえつけているのか。「放せ！　放せ！」という静江の声。

「何かお歌でも歌いましょうか？　若葉ちゃんが安心して眠れるように」

　幸恵の口からそんな言葉が飛び出した。

「いいわね。私も歌うのは大好きよ。でも子守歌はもう歌い飽きちゃったわ」

　菊がにやりと笑ったのがわかった。

「『ゴンドラの唄』はどうでしょうか？」

　東京に着いた日、ラジオから流れ出したあの曲。旭川の教会でオルガンを弾きながら、男の子も女の子もみんなで大真面目な顔をして歌ったあの曲。

「その曲なら、そらで歌えるわ」

「私もです」

二人でふっと微笑み合った。

「いのち短し、恋せよ乙女――」

菊が先頭を切って歌い出した。幸恵もそれに続いて歌声を重ねる。

二人で若葉の顔を覗き込むようにして歌った。

身体中どこもかしこも春の若葉のように輝く赤ん坊。この子の未来が美しく輝くようにと祈りながら歌う。

だがこの歌はやはり赤ん坊には相応しくないな、と思う。

「命短し」

どれほど心躍る未来が待っているとしても、どれほどの光に満たされるとしても、どれほど大きな偉業を成し遂げるとしても。やはりこの子の命は短くてはいけない。どこまでもどこまでも、呆れるほど長くあって欲しい。

自分の身体から溢れ出す甘い旋律に包まれると、不思議と心が落ち着いた。

「殺せ！　私を殺せ！　殺してくれ！」

静江の金切り声が、遠くに聞こえた。

5

玄関の戸に括り付けられたどんぐりの実ほどの小さな鈴が、ささやかな音を奏でる。鈴の音を聞きながら、幸恵は長い手紙を綴っていた。

菊が若葉をおんぶして買い物に出かけたのだ。あまり陽の当たらない家の中から五月の外の光の中へ駆け出した菊の、跳ねるような下駄の音が続いた。

菊がいなくなると、家の中はしんと静まり返る。人はただ同じ屋根の下で過ごしているだけで、その気配を濃く漂わせているものだ。

廊下の先の部屋にいる静江のことがちっとも気にならないのは、きっと日中はほとんど深く眠っているからなのだろう。

東京に着いた五月十一日から今日まで六日間。室蘭港から乗り込んだ京城丸で白い布を振ってナミに別れを告げたときの想い。早朝に辿り着いた青森駅で買い求めた大きな林檎の、それはそれは美味しかったこと。上野駅で人力車に乗った金田一が現れたときの、心底ほっとするような気持ち。

便箋にペンを走らせるうちに、この一週間近くの間に駆け抜けた様々な想いが胸に蘇ってくる。

おそらく私の人生に二度と訪れない、最高に胸躍る冒険譚だ。きっと両親はこの手紙を幾度も幾度も読み返すだろう。

幸恵は思わず口元を綻ばせた。

だが幸恵が本郷の金田一家に辿り着いたところで、途端に筆の進みが遅くなる。

《家は平屋建の広くない家です。お座敷が一つ、先生の書斎が六畳間、茶の間が六畳間、お勝手が一間半に一間半ぐらいで、庭は二間半ぐらいで、こんな広い庭はめったにないのだと云う話です》

常に黒い目を光らせてこの家のゴミを狙っている、大きなカラスのことは書かなかった。

幸恵は開け放たれた襖を振り返った。襖の奥には廊下を挟んで狭い台所。短い廊下の先に静江の部屋がある。

この家はやはりとても小さい。手紙を書きながら改めて気付く。

同じ屋根の下で、見ず知らずのアイヌの娘が茶の間に陣取って夫の机を使い、大威張りで〝勉強〟をしている。もしも静江がそんなふうに思っているとしたら、その心の負担はどれほど大きいものだろう。病んで寝付いた家の中でさえ、心休まる間がないなんて。

幸恵と伯母のマツ、祖母のモナシノウクの三人が暮らしていた旭川の家も、さほど広い建物ではなかった。だが外には広大な北海道の自然がどこまでも広がっていた。

ここでは隣の家との間に、人ひとりがようやく通れるかというほどの隙間しかない。

少しも風が通らない。息が詰まるとはこのことだ。

ふいに庭に面した、奥の部屋の掃き出し窓が開く音がした。

草履を引っかけて玉砂利の上を歩く音。幸恵が庭に目を向けると、静江が空を飛ぶ雀を眺めている後ろ姿が見えた。カラスがいたら追い払うつもりだったのだろうか。手には幾重にも折り畳んだ新聞紙を握っている。

今にもこちらを振り返りそうな静江をよそに、素知らぬ顔で手紙を書くことに没頭するわけにもいかない。

「奥さま、こんにちは。今日はいいお天気でございますね」

幸恵はペンを置いて、縁側へ出た。

静江がゆっくりと振り返った。

はっと息を呑む。静江の頬は腫れ上がって、目の上には紫色と黄色の大きな痣ができていた。

「そのお顔、どうなさいましたか？」

恐る恐る訊くと、静江は満足そうに唇を震わせた。細い指先で痣を隠してみせる。自分の腫れた顔を幸恵に見せつけるためにわざわざ庭へ出たのだ。

「昨夜、聞こえていらしたでしょう？　ご迷惑をおかけいたしました」

静江が自嘲気味に笑った。

気まずい心持ちで、曖昧に頷いた。

「でもおかげさまで、今日はとても晴れ晴れした気分よ。昨夜まで胸に詰まっていた苦しい気持ちが、まるで綿菓子みたいに溶けてしまったわ」

熱に浮かされたような潤んだ目でぼんやりと幸恵を眺めて、その戸惑った様子を楽しむようにまた微笑む。

「どこかお苦しいところがありますか？　よろしければ摩って差し上げますよ。北海道では、毎晩のように祖母の肩を揉んで、養母の不自由な足を摩ってあげていました」

静江のつかみどころのない雰囲気に負けてなるものかと、幸恵は腕まくりをして見せた。

「ごめんなさいね。人に身体を触られるのは苦手なの。夫も気の病には按摩と鍼灸が一番だ、と言うのだけれど。でも知らない人に触られると、どうしても気持ちが強張ってしまうのよ」

ぴしゃりと断られて、息が止まった。

――私に触らないで。

そう撥ね退けられたような気がして、全身にざっと鳥肌が立つ。

違う、違う、これはただ私の胸の奥に沈む、恨みがましい想いのせいだ。

必死で自分に言い聞かせながら呼吸を整える。

――アイヌは汚い面をしていやがるな。

——あいつらは犬みてえなもんさ。

通りすがりに良い獲物を見つけたと、舌なめずりするような顔で幸恵を追いかけてきた和人の男たち。

道で取り囲まれて震え上がった幸恵のことを、彼らは「俺はアイヌに手を出すほど好き者じゃねえよ」と嘲笑い、泥の中に蹴り飛ばした。

——まあ、幸恵さんハンカチなんて使えるのね。

——ねえ、なんだか臭いわね。この席のあたり、濡れた毛皮みたいな臭いがしない？

旭川女子職業学校の同級生たちは、アイヌと同じ教室で席を並べることが嫌でたまらなかったのだろう。可愛らしい顔を見合わせて、幸恵が脇を通るたびににやにやと笑っていた。

いけない、いけない、と思っているのに、北海道でアイヌとしての生まれに苦しみ続けた思い出が禍々しく噴き上がる。

「按摩がお得意だったら、夫の腰をお願いできるかしら。机に向かって座り過ぎのせいで、酷い腰痛を抱えているの。雨の日は、痛みが強くて眠れないこともあるのよ」

静江はあらぬ方へ目を向けて、うなじをぽりぽりと掻いた。

「お嫁入り前のお菊さんに、男の按摩をお願いするわけにはいかないでしょう。幸恵さんにならば、安心して頼めるわ」

静江がこちらを向いて親し気な笑みを浮かべた。

燃えるような怒りに目が眩む。脳裏に激しい炎が、鋭い刃が、喉を潰すような悲鳴が浮かぶ。

駄目だ、幸恵、正気を取り戻せ。胸の中で叫んで両手を強く握り締める。

——幸恵さんにならば、安心して頼めるわ。

この人は、私が夫を北海道に置いてやってきた人妻であることだけを言っているのだ。そう、そうに違いない。

幸恵は静江の曇った瞳から慌てて目を逸らした。

奥さま、今の言葉はほんとうにそれだけの意味ですよね？

アイヌの女ならば、夫の身体に触れても構わない。そう思っていらっしゃるわけではありませんよね？

静江は幸恵の様子に少しも気付かずに、つまらなそうに空を見上げた。

排気ガスと人いきれが混じったような東京の風を感じた。

第三章

コタンピラ

1

「近いうちに、幸恵さんを博覧会へお連れしましょう。上野公園をすべて使って、日本中の英知の結晶を展示する非常に興味深い館が集まる博覧会です。とても勉強になりますよ。例えば、水産館、外国館、機械動力館……。不忍池には水上飛行機が走っています。ええっと、たしか七月までやっていたはずですね」

「僕も行く！」

朝の食事の席で、春彦が両手をぱちんと叩いて歓声を上げた。

「お母さまも、菊やも、若葉も。みんな、みんなでね！　水上飛行機を見よう！　ねえ、お父さま、いいでしょう？」

春彦がひとりひとりの顔を覗き込む。

金田一がほんの一瞬だけうっと黙った。

「もちろんですよ。みんな、みんなで参りましょうね」

金田一は口髭を撫でると、すぐに笑顔を取り繕って大きく頷いた。

「私、人混みは苦手なのよ。その日の具合次第では難しいと思うわ」

冷ややかな口調で答えながらも、静江ははっきり、行かない、とは言わない。意外なことにまんざらでもなさそうだ。

「私は万国街に行ってみたいですね。馬の曲芸をやるって話ですよ」

朝の仕事に駆け回っている菊も、珍しく口を挟んだ。

「やった、やった！　博覧会に行くんだ！」

「さあさあ、春彦、そろそろ私たちは出かける時間ですよ」

金田一が山高帽を手に取った。

「お父さま、約束だよ。約束だからね！」

春彦は金田一の周囲を仔犬のようにぴょんぴょん飛び跳ねながら、足取り軽く出かけて行った。

「日傘をご用意しておきます。それと水筒に冷たいお水を持っていきましょう。少しお疲れになるたびにどこかでお休みになれば、きっと大丈夫ですよ」

菊が卓袱台の上に散らばった春彦の食べこぼしを、台拭きで器用に拭き取りながら静江に言った。

「そうかしら。せっかくのお出かけが、私のせいで台無しにならないといいけれど」

静江が横座りになって視線を庭に向けた。カラスの気配はない。どうやら奥さまは本当に博覧会に行く気でいるようだった。

「どこか見たいところがございますか？　段取りを調べて参りますよ。たしか数日前の新聞に、詳しいことが出ていましたからね。後で探してお持ちします」

「……私は見たいものなんてないわ」

静江が怠そうに首を横に振った。

その時、玄関の戸を忙しなく叩く音が響いた。鈴がけたたましく鳴った。

「金田一先生！　失礼いたします！　先生はいらっしゃいますかね？」

がなり立てるような男の声だ。

「こんな朝から、何事でしょうね？」

菊が怪訝そうな顔をして立ち上がった。

いかにも屈強そうな野太い声。

「金田一先生はいるかい？　ここの住所を見せられて、上野から車を出してきたんだけれどねえ。七人もいるってんで四台の車に分けて乗せたのはいいんだが、お代は誰から頂戴したらいいのか……」

「ええっ、七人もお客さんがいらっしゃるなんて、今朝、先生はそんなことちっともおっしゃっていませんでしたよ！」

菊が悲鳴に近い声を上げた。

「そんなこと、こっちに言われたってわからねえさ」

「この方たち……、お金を持ってないって仰ってるんですか？」

菊が声を潜めた。

「いやあ、下手なこと言って怒らせたらおっかねえからさ。そっちで頼むよ。どうせ金田一先生のお客だろ？　ここいらで土人が訪ねてくるなんて、金田一先生以外にいやしねえや」

幸恵ははっとして玄関先に飛び出した。

狭い道路に四台の人力車が一列に並んで止まっている。乗っているのは黒地の切伏模様に大柄のアイヌ文様の白い刺繡が施されたチカルカルペ（アイヌの木綿衣）に身を包んだ、髭面のアイヌの男たちだ。

東京の住宅街で、揃ってチカルカルペ姿の男たちはまるで見世物行列のように目を惹く。通りすがりの子連れの女が、目を丸くして立ち止まっていた。

「イランカラプテ（こんにちは）」

アイヌ語で呼びかけると、石像のように微動だにせずに菊と車夫のやり取りを見守っていた男が目を見開いた。年は五十くらいだろうか。男たちの中でいちばんの年長で体格が良く堂々とした風貌に、この人が長（おさ）だとわかる。

「ユーカラを謡いにきた。金田一京助という男に頼まれた。お前は誰だ？」

男は腹の内を窺うような目でこちらを見据えた。

口髭から見え隠れする男の唇が、ひどく荒れて血が滲んでいた。ぎょろりと大きな目は赤く血走っている。ほんの十日前の幸恵がそうだったように、北海道からの長旅は大の男の身体にも相当応えたに違いなかった。

言葉が少しもわからなくても、目の前で繰り広げられる光景の意味はわからないはずはない。男の顔に屈辱と怒りの入り混じったものが見え隠れしていた。

「知里幸恵と申します。旭川の近文（ちかぶみ）で、キリスト教の伝道師をしている金成マツの娘です。十日ほど前からこの家にいます」

「近文か。ならば我々の縁者だ。我々は平取（びらとり）から来た」

男が頷いた。客地での同胞の存在に明らかに安堵（あんど）したように見える。だがそれを恥じるように口元を厳しく結ぶ。

「私は平村（ひらむら）コタンピラだ。約束の日は今日だ。一年前から皆で準備をして、幾度も手紙のやり取りをして決めた日だ。間違えるはずはない」

男が自分の分厚い胸を親指で示すと、仲間の男たちが一斉に頷いた。

2

「奥さま、お客さまがいらっしゃいましたよ。ずいぶんと大勢のお越しになります。すぐに旦那さまにお知らせしなくちゃなりませんね。ええっと、学校の電話番号はどこにありましたかねえ」

早足の菊の後に続いて幸恵が家に上がると、既に茶の間に静江の姿はなかった。

菊を手伝って卓袱台の飲みかけの湯呑みを片付けながら、静江というのはまるで猫のような人だ、と思う。面倒な客の訪れをいち早く察し、目にも止まらぬ速さで奥の部屋へ飛び込んでしまったのだろう。

狭い玄関に男たちのアイヌ語が響き渡る。

北海道の自然の中で、風の音、木の葉の鳴る音、川の流れの音に負けずに響く、働く男たちの声だ。家中がびりびりと鳴るような凄まじい大声だ。戸の鈴が微かに鳴り続けている。

幸恵は思わず茶の間の畳に寝かされた若葉に目を向けた。

客人が七人もやってきたら、この部屋は足の踏み場もない。

「よしよし、平気よ、お姉さんと一緒にいましょうね」

優しい声を掛けながら、若葉を抱き上げて胸に寄せた。

「ええっと、とりあえずは茶の間に通してやってちょうだい。私は、電話を掛けに行ってくるわ」

台所から菊が早口で言った。慌てた様子で前掛けを外す。

「ちょっと、道を開けて。通してったら。あんたたちのために、旦那さまを呼んでくるってんだから。そんなとこにぼけっと突っ立っていられたら、通れないじゃない」

粗野な口調に、はっと振り返った。

所在なげな顔をして玄関から廊下のあたりに留まった男たちに、菊が顔だけはにこやかに声をかけていた。男たちは居心地悪そうな笑みを返して道を開ける。

「はいはい、どうもね。じゃあ幸恵さん、この人たちにそこいらにあるものを勝手に触らないように言っておいてちょうだいね。ああ、あと、若葉ちゃんを頼んだわよ」

鈴の音を響かせて、菊が外に飛び出した。

皆の視線が、一斉に若葉を抱いた幸恵に注がれる。男たちの間に漂う、いったいこれからどうすればいいのか、という戸惑いの気配を痛いほど感じる。

「エカシ、オ　ヤン（どうぞ）」

六畳間に七人の男が詰め込まれると、茶の間にはえも言われぬ人いきれが立ち込めた。泥土と牛馬の糞（ふん）、枯草と樹皮を思わせる懐かしい匂いの中に、うっと顔を顰（しか）めるような脂臭い匂いが漂う。

幸恵は男たちのチカルカルペに目を走らせる。

狭くて小綺麗に整えられたこの家の中で見ると、チカルカルペには染みがいくつも広がってひどく汚れているのがわかった。男たちの太く豊かな髪はべたついていて、粉を吹いたようにふけが目立つ。

「お前は、この家で子守をさせられているのか?」

ふいにコタンピラが口を開いた。幸恵と、腕の中の若葉に目を向ける。

「いいえ、ユーカラを書いています」

「どういう意味だ?」

コタンピラの太い眉が怪訝そうにぴくりと揺れた。

「小さい頃にフチ(おばあちゃん)が語り聞かせてくれたユーカラを頭の中で思い出して、ノートに書き出すんです」

ペンを走らせる真似をしてみせた。

「ユーカラをどうやって書く?」

アイヌ語には特有の文字がない。コタンピラがそのことを言っているのがわかった。

「英語のローマ字で書き綴ります。それから、日本語の訳も書きます」

コタンピラが難しい顔をして顎髭を撫でた。

「お前の記憶の中のユーカラに、英語の文字を当てて、それを和人の言葉に替えているのか？」

　コタンピラが人差し指を幸恵に向けながら、一言一言、念を押すように訊く。

「ええ、そうです。そうやって書いたノートをまとめて本にしようとしているんです」

　知らず知らずのうちに身を縮めて、若葉を強く抱き締めた。若葉はむずかって幸恵の頰っぺたを引っ搔く。

「それは誰が言い出した？　ユーカラの本を出すのはお前の望みか？」

　弾かれたように首を横に振った。

「金田一先生のご提案です！　私は先生のアイヌ語研究のお手伝いのために、ここへやってきただけです」

　あなたの生活はそれによって不朽性を持ってくるのです。

　金田一から送られた手紙の文面がちらりと脳裏を過った。

　あのときの胸の高鳴りを、このコタンピラには見透かされているような気がした。

「……スウンコッのワカルパを知っているか？」

　スウンコッは日本語で紫雲古津と呼ばれる、日高地方のアイヌの多い集落だ。

「いいえ、存じ上げません。何をなさっている方ですか？」

「ずっと昔に疫病で死んだ。ワカルパは九年前に金田一に呼ばれた。ちょうど、今の私とお前と同じようにな」

コタンピラが自分の胸元に掌を当ててから、ゆっくりと幸恵を指さした。

「我々は、ワカルパが途中までしか謡うことができなかった『シュプネシリカ』を、仕上げるためにやってきた」

「シュプネシリカ」というユーカラの名は、旭川で伯母のマツの口から聞いたことがあった。だが「シュプネシリカ」は、幸恵が今ノートに書きつけているカムイ・ユカラとはずいぶん様子が違う。

カムイ・ユカラが、アイヌの神々が神々の世界や人間世界で体験したことを自ら語るというものであるのに対して、〝シュプネシリカ〟は壮大な英雄叙事詩だ。祭りの際に、ユーカラクルと呼ばれる謡い手を囲んで幾晩もかけて披露される。

いくら記憶力の良い幸恵でも、小さい頃に大人たちの間で漏れ聞いた程度の〝シュプネシリカ〟を思い出すことはできなかった。

「『シュプネシリカ』は葦のさやに収まった銘刀だ」

コタンピラが説明した。

はっと息を呑む。

シュプ（葦）、シリカ（刀）。

コタンピラのアイヌ語の響きに、幸恵の胸に鮮やかな光景が広がった。その音、その言葉でしか決して表すことのできない光景だ。

その土地に立ちそこで風を感じ、漂う匂いを嗅いで水の味を知る。そうして初めて形を持って立ち上がる幻が、アイヌ語の響きの中に滲む。

幸恵は目を細めてコタンピラを見上げた。

ほんの少し前に出会ったばかりの見知らぬ相手だ。厳めしい顔をして幸恵を問い詰める怖い男の人だ。

それなのに、涙が込み上げてきそうなほどの懐かしさを感じた。

3

「旦那さま、さすがにそろそろ切り上げていただけませんかね？　明日の朝、この人たち全員の分の朝ご飯を準備するのはこの私なんですからね」

菊が膨れっ面をして、金田一の着物の袖をくいっと引いた。

コタンピラの謡声がぴたりと止んだ。

「ちょ、ちょっとお菊さん、せっかく良いところですよ」

金田一が慌てた様子でコタンピラと幸恵とを交互に見ながら、菊を窘める。

「では、いつ頃一段落されるんですか？　お客のある日は、私はいつも寝不足です。七人分のお布団を借りてくるのだって、どれだけ大変だったことか……」

「わかりました、わかりました。お菊さんにはいつもお世話をかけますね」

もうっ、と肩を竦めて金田一を横目で睨む菊の姿に、さすがに居心地の悪さを覚える。静江が決して表に出てこないとわかっているとき、この二人は急に親密な空気を漂わせる。

男女の仲を疑うのは簡単だ。だがどうにもそんな想像が広がらないのは、二人の言葉の端々に僅かに漂う盛岡の訛りのせいだ。

東京という客地で、同じ故郷の血の流れる者同士が並んで話している光景は、まるで兄と妹がじゃれ合っている姿を眺めているようだった。

「それでは、今夜はここまでにいたしましょう。エカシ、明日もどうぞよろしくお願いいたします」

金田一がゆっくりとアイヌ語で言うと、〝おじいさん〟という意味でエカシと呼んだコタンピラに深々と頭を下げた。走り書きのノートを閉じる。

微動だにせずにコタンピラのユーカラに耳を澄ませていた背後の男たちが、ほっと息を吐いて気の抜けた顔をする。

「ねえ幸恵さん、お布団を敷くのを手伝ってちょうだい。七人分のお布団なんて、ここに敷けやしないわ。何人かは、廊下に寝てもらわなくちゃいけないわね。しかしなんだって、こんな大人数でぞろぞろと……」

今日の菊は、普段の鬱憤を晴らそうとするかのように言葉が強い。

「いえいえ、いけません。幸恵さんと私は、少し打ち合わせなくてはいけないことがありますからね。私の幸恵さんを取らないでくださいな」

金田一が冗談めかした口調で言って、幸恵の肩に手を添えた。

「あらあら、横着を失礼いたしました。それでは仕事に取り掛かりましょうかね。けど旦那さま、大名行列でお越しいただくのは、これっきりにしてもらわないと困りますよ」

菊が打てば響くような軽口を返す。

「私だって、ここまでの人数とは思わなかったのですよ。御供の人を数名連れていく、とだけしか聞いておりませんでしたので」

「この家を北海道中の土人の東京見物のついでの宿にされたら、私はたまったもんじゃありませんよ」

「おっしゃるとおりです。以後気をつけます」

金田一が、ははあっ、と菊に向かって頭を下げた。顔を上げると同時に、幸恵に向かって茶目っ気たっぷりの目配せをする。

「幸恵さんのノートを見せていただけますか?」

金田一は幸恵が膝の上に広げたノートを覗き込む。うむっと力強く頷く。

「見事ですね。私には聞き取れなかった細かい部分も、すべて書き取ってあります。これはもう、私が筆記をする必要はないのかもしれません。幸恵さんにすべてお任せできます」

大きく何度も頷く。

「えっ？　どういうことですか？」

首を傾げた。私にすべてお任せとは――。

「正直なところ、『蘆丸の曲』にはいくつか形がありまして。どうやら今聞いているものは、既に私が聞き取っていたものとはずいぶん違うようです」

金田一は苦笑いを浮かべて頭を掻く。わざとアイヌ語の「シュプネシリカ」ではなく、日本語に訳した「蘆丸の曲」と言った。コタンピラたちに聞かれたくないのだろう。

「つまり、この『蘆丸の曲』を聞き取ったところで、私が長年続けていた研究は完成しないのです。ですが、後々の参考になることは間違いないものですので、私の〝助手〟の幸恵さんにすべてをお任せしたいのです」

「私が、こちらのエカシのユーカラをすべて聴いて、書き留めるということですね」

幸恵はコタンピラに目を向けた。コタンピラは胡坐をかいて膝に両手を載せた姿勢のまま、まるで何も聞こえていないかのように微動だにしない。

「そうです。おっしゃるとおりでございます」

おどけたように言う。理解してくれて嬉しい、というようににっこり笑った。

「……わかりました」

そう答えるしかないのでそう口に出した。だが急に身体がどっと重くなるような気がした。

「シュプネシリカ」は、長い物語だ。すべてをノートに書き留めるとすれば二冊近くなってしまうだろう。さらに最初に金田一に横にいてくれと頼まれた時には、まさか自分がすべてを任されるなんて思っていなかったので、ノートの字は乱雑だ。清書が必要になる。

コタンピラの「シュプネシリカ」を、金田一が研究に参照することができるような形にまでまとめるには、たいへんな手間と時間がかかる。

それは、この仕事に情熱を持てるならば辛いことではなかった。

日高からはるばるやってきて、長い長いユーカラを謡うコタンピラの労に報い、金田一の研究に大きな貢献ができるならば、それほど嬉しいことはない。

だが金田一の態度は正直すぎた。

コタンピラのユーカラの途中から、明らかにノートへの走り書きが雑になっていることには気付いていた。

始まってすぐは「ちょっと待ってください」「先ほどのところをもう一度」なんて、前のめりに言っていたはずの金田一が、ユーカラが佳境に入った頃には視線が別のところへ泳いでいるときさえあった。

そんな金田一の様子を察していたからこそ、使用人の菊が「そろそろお開きに」なんて口を挟むことができたのだ。

「幸恵さんがここにいらしてくださって、本当に良かった。僕は神に選ばれた幸せ者です。あなたという人のおかげで、アイヌの研究は大きな発展を遂げるに違いありません」

金田一は幸恵の耳元で囁いた。

廊下を去っていく金田一の足音が聞こえる。よっこいしょ、と唸り声を上げて布団を運ぶ菊の気配。

幸恵とコタンピラたち、アイヌの者だけが残された。

「皆さん、長旅でお疲れでしょう。それに、着いて早々から、こんなに長くユーカラを謡っていただいて……。今夜は、ゆっくりお休みになってくださいね」

気を取り直して、コタンピラと男たちにアイヌ語で声をかけた。

「我々は、言葉がわかる」

コタンピラが唸るような声で言った。

「えっ？」

息を呑んだ。

二の腕にざっと鳥肌が立った。

よく考えてみれば当たり前のことだ。明治以降、政府によりアイヌの同化政策が押し進められ、アイヌも日本語を学ぶよう命じられてきた。祖母のモナシノウクのような年寄りならばアイヌ語しか話せないということもありえるが、この集団は一番年長の様子のコタンピラでさえ、まだ六十にはなっていない。

日高の平取という自分にとって馴染みのない地名に、田舎のアイヌコタン（集落）ではまだ日本語が使われていないのかと思い込んでいたのだろうか。

いや違う。コタンピラたちが現れたその時の車夫と菊のやり取りのせいだ。あの光景を前にして、私はすっかり菊と同じような気分になっていたのだ。異形の見知らぬ客人を前に困惑していたのだ。

どうしよう、どうしよう、と、自分が言ったわけでもない不用意な言葉の数々に身体が震える。

「ああ、面倒くさい。藁でも敷いて、みんなまとめて納屋にでも寝かせておくんじゃいけないのかしら？　あんな汚い身体で、客人用のこんな上等な布団を使おうなんて生意気ったらありゃしないわ」

菊のうんざりしたようなひとり言が聞こえてくる。

幸恵は思わず腰を浮かせた。

コタンピラはそんな幸恵の姿を、射るように鋭い視線でじっと見つめていた。

4

息が止まったと気付いて目が覚めた。

ひっと声にならない声を出して、大きく空気を吸い込む。気管がきゅっと締まる。水の中に放り込まれたように、いくら藻搔(もが)いてもまったく空気が入ってこない。

幸恵は身体中を跳ね上がらせて、力いっぱい咳き込んだ。

割れるような咳の音の中で、ふいにすとん、と気管が開くのがわかった。

布団に四つん這いになって、しばらく肩を揺らして大きな息を続けた。額から冷たい汗がぽとりと落ちる。掌がべとついて、おくれ毛が首筋に張り付いた。

「うふふ」

闇夜に響く笑い声に肝(きも)を冷やして顔を上げると、窓辺に近いところに敷いた布団で春彦が寝返りを打った。寝ぼけているのだろう、春彦は再び鈴の音のような可愛らしい声で「えへへ」と笑った。

四畳半に満たない春彦の部屋だ。コタンピラたちがこの家に泊まっている間は、菊と幸恵と春彦の三人で、狭い部屋に布団を並べて寝ることになった。

この提案に、春彦は思いのほか喜んだ。

幸恵と菊に交互に昔話をせがみ、子守歌を歌ってくれと頼み、最後は二人で左右から両手をしっかり握っていてくれと言って、幸せそうに眠りについた。

菊は幸恵の様子にはまったく気付くことなく、静かな寝息を立てている。

再び息が止まるのを恐れる気持ちで、自分の胸元を掌の熱で温めるように撫でた。

さすがに疲れ過ぎてしまったな、と思う。日がな一日コタンピラのユーカラを聴き取り、ノートにペンを走らせて、一言一句聞き逃さないようにと気を張り続けていたせいだ。気を張り過ぎると目元が、首筋が、背中が痛む。それを放っておいてさらに無理を重ねると、胸一面に炎症が広がって高熱を呼び起こすのだ。

今ならばまだ間に合う。とにかくたくさん眠って身体を温めるのだ。

幼い頃から病弱だったおかげで、風邪ひとつひかない丈夫な人たちよりも、自分の身体の小さな変化に敏感だった。

しばらく迷ってから、静かに身体を起こした。

音を立てないように襖を開けて、廊下の奥の便所へ向かう。

途中、茶の間から地鳴りのような太く低い鼾の音が何重にもなって聞こえてきた。

菊はあんな嫌味を言っていたが、さすがに客人を廊下に寝かせるわけにはいかない。七人のアイヌの男たちは、茶の間にすし詰めになって眠っていた。

狭い家の中に、七人の男。金田一夫妻と若葉。それに幸恵と菊と春彦。途方もない人数がひしめき合っている。

何かをひっくり返してがしゃんと大きな音を立ててしまったら、大騒動だ。

息を潜めて便所の扉を開けた。

うっと唸った。

便所用の下駄の足元に、嫌な水たまりの感触を感じた。

入り口のランプを点けると、板張りの床も陶器の便器も思わず顔を背けたくなるほど汚れていた。

どうしよう、などと考える間もなく、手早くちり紙を手にして掃除を始める。

「まったく、何だってこんな使い方をするのよ。いったい何を考えているの」

廊下の奥から高鼾が漏れ聞こえてくる。忌々しさに奥歯を嚙み締めて、汚れた床にしゃがみ込んだ。

七人の男たちが入れ替わり立ち替わり便所を使うのだから、多少の汚れは仕方ないだろう。だがこの有様は酷すぎる。若い男のうちの誰かひとりが、人さまの家の便所がこれではいけないと気付かないものなのだろうか。

「もう、ほんとうに情けないわ。恥ずかしい……」

鋭い尿の匂いに目をしばたたかせて、全身を駆け巡る嫌悪感にぶるりと身を震わせた。

幸恵はこの家に来て初めて、陶製の便器というものを見た。快適で清潔な便所を目にして、これこそが都会の光景だと感動した。

旭川にいた頃は人の集まる教会といえども、便所は穴を掘ったところに板を渡しただけの粗末なものだったし、祖母のモナシノウクと幌別（ほろべつ）のヲカシベツで二人で暮らしていた頃は、決まった便所はなく山に入って自由に用を足していた。

コタンピラたちだって、こんなに綺麗な便所を使ったのは初めてのはずだ。心地良いと思ったはずだ。それなのにどうしてこうなるのか。

掃除を終えた幸恵はどっと疲れて、重い足取りで廊下を戻った。夜中に一仕事をしてしまったおかげで、布団に戻ったらあっという間に眠れそうだ。

茶の間の襖が開いてふいに現れた小山のように大きな黒い人影に、思わず「わっ」と小さな声が漏れた。

コタンピラだった。

「……こんばんは」

囁くと、暗がりの中でコタンピラが頷いたのがわかった。

「明日は、皆を連れて東京見物に行く。先ほどそう決めた」

東京見物、という呑気な響きの言葉を、コタンピラはとても真剣な目的であるように言った。

「そ、そうでしたか。では、明日は『シュプネシリカ』はひと休みですね」

小刻みに頷いた。

「若い奴らは、浅草(あさくさ)へ行きたいと言っている。婚約者に花草履を買い求めたいと。それに東京の醤油煎餅を、山ほど土産に持って帰ると約束したそうだ」

コタンピラが愉快そうに言った。

風格あるアイヌの長が花草履だの醬油煎餅だのと言っている姿に、幸恵は胸がざわつくのを感じる。

私たちは――。幸恵はコタンピラを見上げる。

私たちは、いったい何をしにここへやってきたのだろう。私たちアイヌはどうして東京へやってきたのだろう。

金田一京助という名の偉大な研究者に、ぜひにと頼まれたからだ。そして、アイヌの文化をここで途絶えさせてはいけない、という大きな使命を抱いているからだ。

幾度も胸に言い聞かせたはずの言葉が、なぜかコタンピラを前にすると空虚に響く。

生温かい不安がじわじわと胸に広がっていく。

「明日、私も皆さんとご一緒させていただけますか。とはいっても、私もまだこの家からろくに出たことはなくて、東京をご案内できるというわけではないのですが……」

この不安を認めたくない。わざと明るい声を出した。

「駄目だ」

コタンピラがきっぱりと首を横に振った。

「明日は自分の身体を労え」

私の身体の不調のことを、コタンピラは気付いてくれていたのだ。

「……身体は、平気です。大丈夫です」

言葉ではそう言ったが、感謝の気持ちを込めて深々と頭を下げた。

「決して気を許すな。あの男はお前を殺す。ワカルパを殺したのと同じようにな」

ぴたりと動きが止まった。

恐る恐る顔を上げる。

コタンピラが鋭い目でこちらを見据えていた。

「幸恵、私たちはお前の仲間だ。お前の帰りを待っている」

コタンピラはそれだけ言って、廊下の奥へと向かった。便所の扉が乱暴な音で開き、勢いよく閉まった。

扉の向こうで、コタンピラがかっと喉を盛大に鳴らし、痰(たん)を吐き捨てる音が聞こえた。

5

結局、私の身体はまたしても負けてしまった。

幸恵は春彦の部屋の天井を見つめて、細く長い息を吐いた。

朝起きたらひどい高熱があった。喉から肺にかけての一帯が、まるで膿(うみ)を持っているかのようにじくじくと腫れているとわかった。

顎の下が腫れ上がって、唾を飲み込むだけで飛び上がるほど痛い。

一旦咳が出るといつまでも止まらない。身体を跳ね上がらせるほどの咳が続いているせいで、胸のあたりの骨が割れて砕けるような気がした。深く眠ることもできず、常に夢うつつで頭がぼんやりしていた。

庭から歌声が聞こえる。

「よしよし、若葉ちゃん、いい子ね。いないいない、ばあ」

コタンピラたちが揃って東京見物に出かけたおかげで、今日は菊の機嫌がとても良い。昨日は構ってもらえなかった若葉も、嬉しそうにきゃっきゃと笑い声を立てた。

皆が普段通りに過ごしている音をこうして荒い息をしながら聞いていると、いつの間にかもう自分は死んでしまったような気がしてくる。

抜け出した魂がふわふわとそこらを彷徨(さまよ)っている光景を想像すると、静かな笑みが浮かぶ。もしも願いが叶うなら、魂だけすっとひとっ飛びで北海道へ戻ってしまいたい。旭川でモナシノウクとマツに会って、こちらで書き溜めたノートの山を存分に自慢したい。登別で両親に、東京の生活を聞かせたい。

実母のナミの反対を押し切って胸を張って東京へ出てきたというのに。身体が辛いときに思い浮かべるのは、故郷の懐かしい光景ばかりだ。

胸のあたりに嫌な気配を感じる。岩肌から水が湧くように、とめどなく咳が出る。今度の咳はずいぶん手ごわそうだ。あまりに気管が激しく震えているので、力いっぱい、ひっと声を出さないと息を吸うことさえできない。

顔に血が上る。目の周りが熱くなり、悲しくもないのに涙が浮かんで幾筋も落ちる。

「幸恵さん」

呼ばれたような気がしたが、きっと空耳だろうと思った。

「幸恵さん、よろしいでしょうか」

今度こそはっきり聞こえた。金田一の声だ。

幸恵は手の甲で涙を拭き、そのついでに咳き込む口元を両手で押さえた。昼間なのをいいことに、咳の音にまったく無頓着(むとんちゃく)だったと気付く。うるさいと言われるのだろうか。もしそうだったら、当分は口元を手拭いで覆っておかなくてはいけない。

「すみません、どうにも咳が止まらなくて……」

息も絶え絶えに起き上がり、襖を開いた。

廊下に背広姿の金田一が座っていた。仕事の途中で家に寄り、またすぐに出かけるつもりなのだろうか。山高帽と鞄をすぐ脇に置いていた。

「お身体の具合はいかがですか？」

金田一が両眉を下げて、叱られた春彦のような顔をした。

「ああ、何もおっしゃらないでください。ほんの少しだけ、お見舞いに伺っただけですから」

金田一が、咳き込みながら何か答えようとする幸恵に両掌を見せた。傍らの鞄をごそごそとやる。新聞紙に包まれた丸いものを差し出した。

「先ほどこれを見つけて、幸恵さんにお届けしたかったんです。早くお元気になってくださいね」

幸恵は目頭に溜まった涙を親指で拭った。どうにか咳が治まった。だが少しでも気を抜けばまた発作が起きそうだ。

「まあ、ありがとうございます。いったい何でしょう？」

今の今まで横になっていた幸恵の髪は乱れて、涙塗れの顔は真っ赤だ。その上、高熱のせいで唇は乾ききって喉がからからだった。なるべく金田一に顔を見せないように俯いて、新聞紙の包みを開く。

中から出てきたのは透明なガラスでできた小さなグラスだった。

「えっ？」

冷たく固い感触から、お見舞いの林檎か何かだと思っていた。

幸恵は白い気泡が波のような模様となったグラスをしげしげと眺めた。熱を持った掌に、グラスのひんやりとした感触を感じた。

「底を裏返してみていただけますか？」

金田一が得意げに言った。

グラスの底の裏側にはアルファベットの〝Y〟の文字が彫られていた。流れるような筆記体の筆運びだ。切子硝子(ガラス)の模様のように、針で彫ったものだ。

「これは、幸恵さんのグラスです。あなたの名前の頭文字〝Y〟を入れて貰いました。とても高価なものですよ。今日からこの家で、あなたはこのグラスを使ってください。こんな素敵なグラスを使えば、ただのお水だってまるでサイダーを飲んでいるみたいな気分になりますよ」

「……ありがとうございます」

咳を堪えながらどうにかこうにか答えた。

「そうそう、こちらもお見せしなくては」

金田一が鞄をもう一度開いた。先ほど幸恵に渡したのと同じ新聞紙の包みを取り出す。

中から出てきたのは、まったく同じグラスだった。

「ほら、ご覧くださいな。これは私のものです。京助の頭文字〝K〟がここにあるでしょう」

幸恵の手元のグラスに、自分のものを並べて示した。

「これは、私たち二人が同志である印です。私たちはアイヌ民族の未来のため、この身を捧げるという崇高な目標を掲げた研究者です。私たちはお互いがこの世に生まれてきた使命を果たすために、お互いの存在を必要としているのです」

北向きの暗い部屋の中で、二つのグラスが鈍い光を放った。

ふいに猛烈な咳の発作が起きた。

咳はいつまでも止まらない。気管を塞ぎ肺を潰す。

「すみません、横になります」

幸恵は顔を伏せた。

激しく背を震わせた。ひっと声を出すようにして息を吸う。

――私たち二人が同志である印。

金田一の言葉が胸に刺さる。

気管の奥で嫌な音が響いた。

発作を堪える幸恵の様子に、金田一は我に返ったような顔をした。

「ええ、もちろんですとも。ゆっくりお休みください。もしも、何か困ったことがありましたらお菊さんに……」

金田一が心配そうに幸恵の顔を覗き込んだ。

幸恵の胸の中に、ゆらりと苛立(いらだ)ちの炎が点った。

北海道の吹雪の身も凍るような冷たさと、囲炉裏(いろり)の火の焼けるような熱さ、胸に渦巻く堪えきれない想いが身体に蘇る。

この人は、お互いのイニシャルの入ったグラスを贈るなんてことで、私のこの身体が楽になると本気で思っているのだろうか。〝同志の印〟のお揃いのグラスに、女学生のように喜ぶとでも思ったのだろうか。

幸恵は奥歯を噛み締めた。

私の抱えた苦しみは、あなたが思っているほど甘ったるいものではない。

――あの男はお前を殺す。

コタンピラのアイヌ語が耳元で聞こえた。

――幸恵さんにならば、安心して頼めるわ。

静江の摑みどころのない目。

――騙されているのよ。

母のナミの声は苦々しく笑っていた。

「先生、大事なお話があるのです」

低い声が出た。

「何でしょう？」

幸恵の老婆のような声色に、金田一がぎょっとした顔をした。

「もしも私のことを、ほんとうに同志と思っていただけるのならば」

眩暈を覚えつつ息も絶え絶えに、しかし背筋をしゃんと伸ばして言った。

「私たちアイヌのことを〝土人〟と呼ぶのは、金輪際お止めください」

金田一の顔が石を投げつけられたように歪んだ。

顔から血の気が失せる。

「私は和人たちのお仲間に入れていただきたいなんて、毛頭思っておりません。私はアイヌです。それを認めていただけないならば、私と先生とは同志なぞにはなりえません」

幸恵は唸り声を上げるような気持ちで、最後まで言い切った。

部屋は水を打ったような静寂に包まれた。

第四章 村井

1

暗闇の中で、幸恵は肩で息をしながら背を海老のように丸めた。

仰向けになると咳の発作が起きてしまうので、手負いの獣のように身体を横に倒す。

ひどい熱だ。喉が焼けて息が熱い。まるで一呼吸ごとに血を吐いているかのような苦しみだ。

夜が明けるまでのこの時間、身体の具合は良くなったり悪くなったりを繰り返しながら少しずつ最初から定められた運命へと進んでいく。

朝の光を見たときに、今よりもほんの少しでも良くなっているのか、それとも病に負けて取り返しのつかないものを失ってしまっているのか。

ひとたびこんな状態になってしまうと、もはや身体は心の望むままに動いてはくれない。夜が明けるのが怖くて声を殺して泣いた。

こんなときだけ、村井のことを思い出す。

村井がそばにいてくれればどれほど安心できただろう、などと胸の内で呟く。


村井曾太郎はアイヌ農家の長男坊だった。

幸恵が旭川女子職業学校を卒業してから、マツの教会でアイヌの子供たちにローマ字を教えていた頃のことだ。旭川第七師団の一員だった村井は、隊の休日になるたびにマツの教会へ遊びにきて、子供たちと一緒に幸恵の授業を受けた。

いつも小ざっぱりと身なりを整えて、優しい笑顔でこちらをまっすぐに見てくれる若者。それもとびきり真面目で呑み込みも早い優秀な生徒だった。冗談が好きで面倒見がよく、子供たちからも大人気だった。

率先して幸恵の助手代わりを務めてくれる頼りになる存在だ。あっという間にお互い想い合う仲になった。

村井が暮らす兵舎からは、毎週のように幸恵宛ての葉書が届いた。

感情を抑えた淡々とした文面の中に滲む、ほんの僅かな思慕の心を読み取るのが嬉しくて、幾度も幾度も読み、長い時間をかけて返事を書いた。

私が結婚をするのはこの人以外には考えられない、と思った。

だが養母のマツも祖母のモナシノウクも、父親の高吉さえもが喜んで祝福してくれた中で、実母のナミだけは時に涙を流し、時に怒りを露わにして、どこまでも二人の結婚に抵抗を続けた。

幸恵にとって、結婚というのは愛し合う男女の誓いの形であり、共に歩むことでお互いの人生をより幸福にするためにあるものだった。教会ではそう教えていたはずだ。そう信じて疑わなかった。

二人の結びつきさえ確固たるものならば、それ以外は取るに足らない些細なことだ。

だからナミが、村井の家が〝農家〟それも〝長男〟だということを理由に、二人の仲を諦めさせようとあれこれ画策し始めたときには、驚いた。

温厚な性格でいつものんびりした笑顔、真面目で働き者の村井を悪く言う人はどこにもいない。

それが、ただ彼の生まれが〝農家〟の〝長男〟だというだけで、ナミの頭の中には、雪の中を朝から晩までこき使われて、姑にいじめ殺されてしまう幸恵の姿が浮かぶのだ。

「幸恵、あなたの身体では、農家に嫁ぐことは無理よ」

顔を合わせるたびにそう頭ごなしに否定されると、我が身を案じてくれる母への感謝どころか、ならば私をそんなひ弱な身体に産んだのはどこの誰だ、と、猛烈な反発心が湧く。

ハポはどれだけ頭が固いんだ、とうんざりした。

そんなナミが急に結婚を許すと言い出したのは、幸恵の上京の日取りが決まってからのことだった。

「北海道を発つ前に、仮祝言だけでも挙げておきなさい。そうすれば村井さんも安心してあなたのことを待てるでしょう。いくら村井さんが善人でも、東京に行ってしまった婚約者を口約束ひとつだけで待てというのは酷な話よ」

掌返しとはまさにこのことだ。今まで散々結婚を妨害してきたのにどの口が言うのだと、呆気に取られた。

表向きは、村井が幸恵の東京行きを応援し帰りを待ち続けると約束したと聞いて、彼の想いの深さに心を動かされたからだ、などと言っていた。

だがそもそもナミが問題にしていたのは、村井の人となりではなかったはずだ。

生まれは決して変わらない。

何が起きようとも、永遠に村井は〝農家〟の〝長男〟だ。

どういう風の吹き回しかと妙な雰囲気を感じてはいたが、ようやく結婚を許されたことでほっとしたことは間違いない。ナミの気が変わらないうちにと、三月に慌てて村井の生家の名寄で仮祝言を挙げた。

「……曾太郎さん」

幸恵は小さい声で夫の名を呼んだ。

口の中から溢れんばかりに腫れ上がった舌をどうにか動かして発した声は、まるで断末魔の呻きのようだ。

この世の誰よりも愛し、一生添い遂げると誓ったはずの夫の名が、暗闇に虚しく消えていく。

かつてこの男の名は、ただひっそりと口にするだけで私に溢れんばかりの力を与えてくれた。

それが急に輝きを失ってしまったのは、あの仮祝言の夜のせいだ。

夫となった人と身体を重ねたそのときに、幸恵の脳裏に鮮明に浮かんだのは実母のナミの顔だった。それも幸恵によく似た面影の、どこか子供じみた得意げな目だ。

「幸恵、私は何もかもすべてお見通しよ」

そんな言葉を掛けられたような気がして、ぞくりと震えた。

ああ、そうだったのか、と、ナミの翻心の理由がすべて腑に落ちた。

一瞬で身体が冷え切った。あれほど恋焦がれたはずの村井の肌から、急に畑の堆肥(たいひ)の匂いが立ち上った気がした。

誰にも咎められることなく愛する人と結ばれるこのときを、私はどれほど心待ちにしていただろう。命の喜びというものは愛する人の側で、良い妻となり良い母となることだ。私はこの世のほぼすべての女と同じように、そう信じていたのではないか。

だが違ったのだ。

私が求めていたもの。そしてこれから得ようとしているものはこの人の肌の温もりなぞではないのだ。

私は生娘のまま、乙女のままでいることを望んでいた。他の何者の犠牲にもならず、自身の人生の使命だけを見つめて生きる、無垢な存在であり続けたいと願っていたのだ。

私の望みはこの北海道を出て、アイヌであることから、女であることから、すべてのものから解き放たれる〝自由〟を求めて生きることなのだ。

偉大な大学の先生の研究のため、アイヌ民族の文化を後世に残すため、アイヌ語と日本語を使いこなすことができる類まれな才能を役立てるため――。

実母のナミだけは、そんな壮大な目標の陰に潜む幸恵の本心に気付いていた。だからこそナミは幸恵を北海道に押し留めるため、必ず再びこの地に戻ると約束させるための条件を呑んだのだ。

ハポ、ごめんなさい。遅かったわ。

村井の顔を引っ叩(ひっぱた)き、突き飛ばして、この部屋から逃げ出したかった。名寄にいてはいけない。ここに私の居場所はない。私は旭川のマツの教会に戻り、そしてそこから東京へと旅立つともう決めているのだ。

その夜、村井を拒絶しなかった理由は、幸恵の愛を微塵も疑わない幸せそうな姿があまりにも哀れだったからだ。

哀れみを覚える相手と接するとき人の胸に浮かぶのは、とにかく自分の心の内を気付かせないようにという優しさだ。だがその取り繕った優しさの裏には、相手の甘えに気付くたびに、あまり調子に乗るな、と毒づく苛立ちが潜んでいる。

次の朝、幸恵は身体のあちこちに打ち身を作ったような重い痛みを感じた。

よいしょ、と掛け声をかけてどうにかこうにか立ち上がるたびに、奥歯をぐっと嚙みしめるような痛みが全身を襲う。そのたびに無邪気な村井の顔が浮かんで、苦々しい想いが込み上げた。

自分よりはるかに大きな身体の相手と取っ組み合いのようなことをしたのだから、私の身体がぼろぼろになってしまうのは当然だ。どうしてあの人はそんな当たり前のことがわからないのだろう。

「でもこんなの、少しも大したことじゃないわ」

幸恵は節々をごしごしと撫でながら、自分に言い聞かせるように呟いた。

2

目覚めると、狭い子供部屋がほの白く光を帯びていた。

朝になったのだ。太陽の日がまっすぐに入らない北向きの部屋のせいで、今が何時くらいなのかわからない。だが遠くで自転車の走る音が聞こえた気がした。家の中がひっそり静まり返っていることからしても、金田一も春彦ももう出かけた時分なのだろう。

幸恵が寝込んでいる間に、コタンピラたちは北海道へ帰ってしまったに違いない。

最後に少しでもコタンピラと言葉を交わしたかったと思うと、自分の身体にまた意地悪をされたような物悲しい気持ちが込み上げた。

ふいに襖が開く音が聞こえて、幸恵は身を強張らせた。

ほとんど音を立てずに人目を忍ぶような密やかな仕草だ。金田一が大学から戻って来たのだろうか。

金田一に胸の内を明かしたあの日以来、体調は悪化の一途を辿っていた。

ここ数日は、菊が枕元に水と果物を置きに来てくれたことにもまったく気付かなかったほどだ。

うっと呻いて身体の向きを変えようとしたところで、思いがけない声を聞いた。

「いいのよ、そのままでいらして」

そこにいたのは静江だった。

ぎくりとして、今までの身体の重さが嘘のように消え去る。慌てて半身を起こす。

着物の襟が大きく抜けるくらい肩をだらりと落とした静江が、野ネズミのようなつぶらな目でこちらを覗き込んでいた。

「無理はしないでちょうだいね。まだ身体が辛いのはわかっていたんだけれど、あなたが喜ぶかと思って……」

いったい何のことだろう？

困惑しながら、閃光のように鋭く頭痛が走ったこめかみに掌を当てた。

一通の分厚い封筒が、目の前にすっと差し出された。

知里幸恵様

宛名にはそう書いてある。

「今、ちょうどポストに届いたところよ」

静江はまるで親しい女友達のように、遠慮なく幸恵の手元をじっと見つめる。

誰からの手紙なのか、名寄の消印と宛名の筆跡でとっくにわかっていた。それに静江が差出人を確認していないはずはない。

封筒を裏返すと、そこには村井曾太郎の名が伸び伸びと大きな字で記されていた。

「男の人からのお手紙ね」

静江が妙に燥いだ声を出した。

「……ええ、そうですね」

変な返答だ、と思いながら幸恵は小さく咳をした。

「それもこんなに分厚いお手紙。誰なの？　幸恵さんの恋人かしら？」

「村井は、私の夫です」

「えっ？」

静江が首を前に突き出すようにして訊き返した。

「嘘でしょ、幸恵さん、ご結婚されていらしたの？」

静江は幸恵の全身に目を向ける。

幾日も続く高熱のため行水(ぎょうずい)さえできず、涎(よだれ)と目脂(めやに)とで汚れて土気色(つちけいろ)をした病人の肌。髪はざんばらで寝間着の着物は乱れている。そんな誰にも見られたくないはずの姿をまじまじと見つめられて、なんだこの娘はとっくに男を知っているのか、と値踏みされたような気がした。

ふいに、いつかの会話が蘇った。夫の金田一に按摩をしてやってくれと頼まれたときの静江の言葉だ。

――幸恵さんにならば、安心して頼めるわ。

「ご存じありませんでしたか？　先生からとっくに聞いていらっしゃるかと」

幸恵は眉間に深い皺を寄せて、ごくりと唾を呑んだ。眩暈がするほどの喉の痛みに、ほんとうに目の前に火花が飛んだ。

「あの人は、アイヌの人たちの身の上話は、私に一切教えてくれないの。だから私、同じ屋根の下で暮らしている人がいったい何者なのか、どんな人なのか、いつもまったく知らされずに過ごしているのよ」

静江はまだ驚きが冷めない様子で、幸恵の胸元にじっと視線を向ける。

幸恵は勢いよく寝間着の襟を合わせた。

静江がはっとしたように視線を泳がせた。

この人はほんとうに何も知らないのだ。

自分のすぐ隣で生きる人が何者であるか。何を考え、何のためにここにいるのか。こちらに友好的なのか、はたまた敵意を持っているのか。そんなことさえもわからないまま、ただ目を背けて日々をやり過ごしているのだ。

「ではどうして――」

やめろ、と胸の中で自分の声を聞いた。だが止まらなかった。

「何？」

静江が不思議そうに小首を傾げた。

ほの暗い部屋の中で、折れそうに細い首に紙のように血の気のない顔。目元だけ幼子のままのような黒目がちな瞳は、どこか現世からは離れたところを彷徨っているように見えた。

「私ならば安心だ、と言いましたか？」

「……何のこと？」

怪訝そうな顔に、はっと閃いた光が宿った。目元がぴくりと痙攣する。

「主人の按摩をお願いした話ね」

静江は自分でもその仕草に気付いていない様子で、額に握りこぶしの尖ったところを幾度も当てた。

「あのときは申し訳なかったわ。後になってから、あなたが気にしているんじゃないかって心配していたの。あなたがアイヌだからといって安心だ、なんて言ったつもりじゃなかったのよ。主人はあなたのことをとても優秀な娘さんだと言っていたから。年齢も男女の区別も越えた同志のような存在だ、と常々話していたから。私、まるで書生さんにお願いするような気分になってしまったの」

静江はまるで人が変わったように早口で喋り出した。唇を幾度も指先で押さえる。

つい先ほど、金田一はこの家のアイヌについて一切話してくれないのだ、と言っていたときとは話し方から目の配り方まですべてが違う。

「でも、考えてみたら失礼な話だったわ。ごめんなさいね。深い意味はないの。許してちょうだいね」

静江は明らかに怯えた目をしていた。

必死で己の身を守ろうとするときの静江は、普段の捉えどころのない様子とは違って、初めて静江その人の姿が見えたような気がした。

「わかりました。許すだなんてとんでもないことです。ただ、奥さまがどんなつもりで仰ったのかな、って不思議になっただけです」

静江は膝の上で忙しなく着物の袖を弄びながら、あちこち視線を逸らす。

「そうだ、お水、新しいものに取り換えるわね」

静江はどうにかこうにか年長者らしい優しい声を出すと、看護婦のように手際よく幸恵の枕元の盆を手に取った。

「奥さま、ありがとうございます」

深々と頭を下げる。

「いいのよ、ゆっくり休んでいらしてね。昼にはお菊さんに頼んで、玉子粥を作ってもらうわ」

静江が廊下を去っていく足音を聞きながら、幸恵は鋭い痛みの刺す心臓を掌で押さえた。

3

村井からの手紙には一円札が二枚同封されていた。

丁寧な文字が綴られた手紙をまるで包装紙のようにして、皺くちゃの紙幣が封筒の真ん中に大事に包まれていた。

二円といえば、大の男が日がな一日力仕事に励んでもらえる日給と同じくらいの金額だ。ぐんと気が重くなる。水飴に搦めとられる小蠅(こばえ)になったような心持ちがする。

節約ばかりの生活はたいへんでしょう。このお金で何か欲しいものを買いなさい。東京で楽しい時間を過ごして、気晴らしをしていらっしゃい。

幸恵の喜ぶ顔を疑わない村井の優しい笑顔が浮かび、なぜか息が詰まる。

息苦しさに戸惑いながら、手紙の文面に目を走らせた。

《お身体の具合はいかがですか?》

村井は遠く離れた地で私が身体を壊していることを察してくれたのだ、なんて甘い想像はできない。

村井は、幸恵が生まれつき身体が弱く、心臓病を患っていることを重々承知していた。

「ナミさんが結婚に反対するお気持ちは、よくわかります。僕の生家はいかにも古臭い、純然たるアイヌ家庭ですからね。ですが、何も心配はいりませんよ。僕はいつだって必ず幸恵さんの味方になります。あなたの身体をいちばんに考えて、どこまでもあなたを守ります」

かつて幸恵の手を取ってそう言った村井の顔は、金箔をまぶしたようにきらきらと輝いて見えた。この人の愛は本物だ。この人の言葉は真実だ、と確信した。

あのときの姿を胸に大事に秘めて上京することができたならば、どれほど村井の存在が心の支えになっただろう。どれほど北海道を懐かしく思えただろう。

「……嫌よ」

村井の手紙は彼が兵舎で暮らしていた頃と少しも変わらない。〝恋しい〟や〝愛している〟なんて軟弱な言葉は決して使わない。その代わりに、行間からじわじわと男の汗の臭いが漂ってくるような気がした。

仮祝言の翌朝の、ぎゃっと叫び声を上げたくなるような節々の痛みが、身体に苦々しく蘇ってくる。

ここにいるとはっきりわかる。

北海道から遠く離れ、これまでの私をまったく知らない人ばかりに囲まれていると、すべてをすっきり見通すことができる。

北海道に戻ったら、私は名寄で村井に、舅姑に、純然たるアイヌ家庭に仕え、弱い身体で多くの子を産まされて、この一生を村井の家の人々に捧げて終わるのだ。

幸恵はぐしゃりと手紙を握り潰した。勢いをつけて立ち上がった。

地面が揺れるようなひどい眩暈を感じながら、しばらく目の前を睨み付けて視界がまっすぐに戻るのを待つ。

頭が割れるように痛かった。喉が腫れて首を絞められているようだ。走り回っているわけでもないのに、耳元で心臓の音がどくどくと速い音を刻む。

だがこの痛みならば、私は受け入れることができる。

自分の望みで立ち上がって前に進もうとするための痛みならば、いくらこの身に受けても辛くない。

壁に手を当ててふらつきながら暗い廊下へ出ると、台所から菊の鼻歌が聞こえた。足が縺(もつ)れて思わず転びそうになるところを、何とか立て直す。ごとん、と足音が響いた。

鼻歌がぴたりと止む。

「あら、幸恵さん？　驚いた。具合はどう？」

ほんの少しの間を置いて、菊が台所から飛び出してきた。

妙に白けた目をして、幸恵の視界を塞ごうとするかのように大袈裟に顔を覗き込む。

何か見られたくないものがあるのだろう。

わざと鈍感なふりをして幸恵が台所に視線を向けると、若葉が仔犬のようにテーブルの脚に紐で括(くく)りつけられて、生の人参をしゃぶっていた。

テーブルの上には女らしい丸っこい文字の書きかけの手紙。脇に幾枚も書き損じが捨ててあるので、男に宛てたものに違いない。菊はいつもこうやって赤ん坊の若葉を大人しくさせておいて、故郷の恋人に長い手紙を書いているのだ。

幸恵は小さく微笑んだ。

菊はきっと遠くないうちに盛岡へ帰るだろう。家族への送金か、借金の返済か。ここで自分のやるべきことを終えれば、東京での生活など夢か幻だったような顔をして、本来の自分の人生の続きを歩むため、あるべき場所へ帰るのだろう。

「お菊さん、すみませんが茶の間に机を出していただけますか？　先生に頼まれたお仕事を進めなくちゃいけないんです」

私は帰らない。

幸恵は胸の内で静かに呟いた。

アイヌに生まれた私を苦しめた北海道。

深い雪に包まれた、刃のように冷たく穴倉のように暗く息苦しい場所。

和人たちの嘲り笑いの中で、悔しい、悔しい、と呟き続けた場所。

臭くて汚い北海道。あんなところは大嫌いだ。

幸恵は顔を歪めた。

便所の臭い、生肉の臭い、干し魚の臭い、濡れた毛皮、仔熊の血――。

アイヌコタン（集落）には、常に鼻が曲がるような強い臭いが漂っていた。

国の同化政策によって元いた土地から追いやられ、過酷な場所で暮らすことを強いられたアイヌは、生活の糧（かて）を奪われただけではなくその歴史を、文化を、そして民族としての誇りをも奪われた。

私は紛れもなくアイヌだ。アイヌ民族のために、アイヌの文化を守るために、ここでユーカラを記しているのだ。

でも嫌だ。あそこにはもう戻りたくない。

私を純然たるアイヌ家庭に閉じ込めようとする善良な男。いつかやってくる未来を夢見ることなぞ許されず、ただ嫁ぎ先に仕える毎日。生きる意味を見失い、ただ身近な誰かの歓心を得ようと藻掻くだけの人生――。

「え、ええ。そりゃ構わないけれど。でも、そんな顔色で平気なの？　まだ熱があるんでしょう？」

菊が戸惑った顔をしながらも、早く幸恵にこの場から立ち去って欲しそうに幾度も頷いた。

「いつまでも寝込んでいるわけにもいきません。私には時間がないんです」

分厚く腫れた喉から流れ出した自分の言葉に、幸恵ははっとした。

私には時間がない。

そうなのか？

思わず胸に掌を当てた。満身創痍の身体の中心で、心臓は未来へ駆け出す足音のように勢いよくリズムを刻んでいた。

第五章

百合子

1

東京の梅雨空は煙のような灰色だ。天気が悪くなるとすぐに空が夜のように真っ暗になる北海道とは違う。

土埃や車の排気ガス、ひしめき合う人いきれを含んだ雨粒が、しとしとと重苦しく降り注ぐ。

「週末に中條百合子女史がいらっしゃいます。あらかじめこれを読んでおけば、お会いしたときにお話も弾みますでしょう」

朝食の席で、金田一が一冊の雑誌を差し出した。幸恵に話しかけるという体で、静江と菊にも聞かせるように言う。

雑誌はよほど丹念に幾度も読み込んだのか、それとも幾人もの間を回ったのか。表紙の角が擦り切れてところどころ白くなっていた。

栞の挟んである頁を開くと、「貧しき人々の群」というタイトルと、中條百合子、という名があった。

「百合子女史は、お金持ちの家のお嬢さまですからね。題名の言葉の選び方ひとつを見ても、お育ちをお察しいただけるでしょう」

金田一が〝貧しき人々〟というところを指さした。

ふいに幸恵の心臓が鋭く痛んだ。さりげなく掌で胸を押さえる。

「百合子女史は、確固たる自分自身を持った賢い女性です。芸術というのは絶対に高尚なもので、親のため、夫のため、子のために身を捧げることは、女性として極めて低い生活だというのがその見解なんです」

幸恵と静江と菊、三人の女の息がふっと止まった。

「春彦、またこぼしたわね！　ちゃんとしてちょうだいよ！　あなたいったいいくつになるの！」

沈黙を破ったのは静江だ。金切り声を上げて春彦を引っ叩く。

肩のあたりを二度ほどぴしゃりと叩かれた春彦は、身を守るように身体を屈めながら「えへへ」と笑った。

「ぼっちゃん、こっちへいらしてくださいな。拭いて差し上げますよ」

幸恵が手招きすると、春彦は母の手をすり抜けてこちらへ飛んできた。

「はいはい、染みはどこにありますか？」

春彦のシャツの第二ボタンあたりに、味噌汁の染みが広がっている。表と裏の両面から手拭いでとんとんと叩くと、染みはすぐに消えた。

「きれいになったね。幸恵さん、ありがとう」

春彦がいかにも躾の行き届いた少年らしく背筋を伸ばして礼を言った。可愛らしい姿に、思わず春彦の頭を撫でる。

子供の熱を帯びた肌に触れたら、つい先ほどの胸の痛みが和らぐような気がした。

「百合子女史というのは、どこか幸恵さんと似ているところがあるかもしれません。彼女はこの小説を書くために……」

「おもてなしの献立を考えなくちゃいけないわね。彼女、どんなものが好きかしら？」

なおも百合子の話を続けようとする金田一を、静江がわざとらしいくらい明るい声で遮った。

金田一は一瞬言葉に詰まってから、小さくため息をついて微笑んだ。

「そうですね。百合子さんは海外暮らしが長いから食事は洋風のものが良いでしょうね。とはいっても、この家で洋食をお出しするというのも難しいですから、仕出しを取りましょう。お菊さん、手配をお願いできますか？」

「はいはい、お任せくださいな」

菊がお茶漬けを掻き込みながら、頼もし気に頷く。

「……面倒くさい女」

はっと息を呑む。静江の顔をじっと見つめる。

静江は今しがた吐いた毒がまるで嘘のように、物憂げな顔で己の指先のささくれを見つめている。

金田一も菊も、何も聞こえなかったような顔をして朝食を続けている。

ふいに春彦が幸恵に身を寄せた。

「ねえ幸恵さん、僕、博覧会で最初に観に行くものを決めたんだ」

内緒話の仕草で耳元で囁いた。

「へえっ、何ですか？　こっそり教えてくださいな」

幸恵も同じように春彦の耳元に口を寄せる。

春彦は心から楽し気に、きゃっきゃっと笑って身を縮めた。

2

昼下がりの茶の間で中條百合子の「貧しき人々の群」を読み終えた幸恵は、思わず雑誌の表紙を下に伏せて置いた。
物語は福島県の開拓村。題名のとおり貧しい人々が獣の群れのように身を寄せ合って暮らす集落だ。主人公の〝東京のお嬢様〟であるうら若い娘が、哀れみと好奇心を携(たずさ)えてその地域に近づいて、住民たちに激しく拒絶される。
純真で聡明な少女はどうにかして〝貧しき人々〟の力になりたいと望むが、彼らはその愚かさによって差し伸べられた手を嫌悪する。少女は己の非力さを嘆き、防ぐことができなかった悲劇、救うことができなかった命を前にして胸に誓うのだ。

私の手は空っぽである。何も私は持っていない。このちいっぽけな、みっともない私は、ほんとうに途方に暮れ、まごついて、ただどうしたら好いかしらんとつぶやいているほか能がない。

けれども、どうぞ憎まないでおくれ。私はきっと今に何か捕える。どんなに小さいものでもお互に喜ぶことの出来るものを見つける。どうぞそれまで待っておくれ。達者で働いておくれ！　私の悲しい親友よ！

「……面倒くさい女」
ぼそっとそう呟いた静江の声が、耳の奥ではっきりと聞こえた。

静江の清らかなまでの素直さに、思わず大きく頷いてしまいたいくらい共感した。胸のあたりに丸めた針金でも放り込まれたようなむかつきを感じて、掌で心臓のあたりをごしごしと撫でた。

百合子という女は、なんて嫌らしいのだろう。

百合子が描き出した〝貧しき人々〟は、幸恵が登別で、そして旭川のアイヌコタン（集落）で、いくらでも目にしていた人々だ。

貧しさは人の希望を奪う。蜘蛛（くも）の巣に搦めとられてしまった虫のように、最初こそは藻搔き苦しむが、次第に力を失って、ただ目の前の苦痛をやり過ごしながら命の終わりを待つだけになってしまう。

マツの教会に通って子供に読み書きを学ばせようとするような教育熱心なアイヌ家庭でさえ、酒代に困って娘を娼家に売ってしまったという悲惨な話はいくらでも聞いた。

だが幸恵の記憶の中の彼らは、自分と同じように心を持った人間だった。

ただ貧しくみすぼらしい暮らしをしているというだけで、自分と違う言葉を話すというだけで、愚鈍で凶暴な獣のような存在だと描かれるのは我慢がならなかった。

金田一はいったいどういうつもりで、この作品を私に読めと言ったのだろう。

お前は所詮この作品に登場する獣のような〝貧しき人々〟に過ぎない。そう言いたいのだろうか。

心臓が嫌な調子で鼓動を刻む。

「……ああ、もう」

幸恵は額を叩いた。

まただ。また私の中に巣喰う憎しみと怒りが暴れ出す。

そんなはずはない。金田一の行動に秘められた悪意など存在しない。ただ幸恵と百合子が会ったときの話の種になればと思ってこの雑誌を渡しただけだ。

住民から石を投げられて追い返され、何が起きたのかわからずに困惑したこの少女と同じだ。

頭ではそうわかっているのに、僻(ひが)みっぽい自分が現れて鼻息荒く恨み言を言い募る。

脳裏に浮かぶのは十二の頃。北海道庁立旭川高等女学校の入学試験のことだ。

試験の手ごたえはじゅうぶんだった。全科目満点に近いという確信があった。

――私はアイヌで初めて高等女学校に通うことになるに違いない。お母さまは、教会の皆は、どれほど喜んでくれるだろう。

試験の鉛筆を置いたそのときに、誇らしさに胸が震えた。

私が持って生まれた人並み外れた学問の才能を、アイヌ民族の誇りを取り戻すために使ってみせる。

試験の結果を待つまでの日々、そんな大きな夢が広がった。

だが、幸恵が受け取った通知は不合格だった。

何かの間違いだ、と汗びっしょりになるほど狼狽した。

軍の高官や有力者の子女が入学する旭川高等女学校に、いくら試験で高得点を取っていたとしても、土人学校を卒業したアイヌの娘の入学を許すわけにはいかない。

周囲でそんな噂が流れていると聞いて、沸き上がるような屈辱と怒りで目の前が真っ暗になった。

道で旭川高等女学校の学生を目にすると息が止まった。

友達と笑い合う屈託ない姿が悔しくて悔しくて、物陰から石を投げつけてやろうかと本気で思った。

旭川高等女学校への進学を諦め次の年に入学した女子職業学校では、級友たちから馬鹿にされ、常に子供っぽいからかいの的となった。

幸恵はほぼ毎回学年で一番の成績を取る優秀な学生だった。それなのに、アイヌが熱心に勉学に励んでいるという事実がまるで面白おかしいことのように嘲笑われた。

北海道という地において、アイヌの存在はどこまでもみじめだ。

アイヌは和人が自分の幸せな境遇を甘く味わい、恵まれた生まれを感謝し、日々をより良く豊かに過ごすために存在するのだ。

常に和人の下で、貧しく愚かに希望なく生き続けることを望まれているのだ。

「貧しき人々の群」の主人公の少女が、さまざまな不幸の存在を知ったことによって成長を遂げ、まっすぐに胸を張って未来へと歩き出すラストシーン。

色鮮やかで前向きな結末は、この作品が発表されたときに文壇で大いに評判になったであろう。

「……面倒くさい女。嫌な女」

幸恵は奥歯を嚙み締めて、うつぶせに放り出された雑誌を睨み付けた。

3

あれからずっと微熱が続いている。

村井と身体を重ねた次の朝の痛みと同じものが、少しずつ肉を腐らせるように全身に広がっていた。

これから農作業をしろと言われたら泣き崩れたくなるはずだ。この身体では赤ん坊を抱き上げることだってろくにできないだろう。

けれども机に向かうことならばいくらでもできる。

それさえできれば良い。

これが私の使命だ。

幸恵は殴り書きのメモを広げて、コタンピラが口述した「シュプネシリカ」の清書を始めた。

シュプは葦（あし）。シリカは刀の鞘。ローマ字で綴ったアイヌ語を胸の中で唱えると、すぐ後に袋から取り出すように日本語が飛び出してくる。

幸恵の周りをアイヌ語と日本語がシャボン玉のようにゆらゆらと浮かぶ。

〝シュプネシリカ〟という名を持つ刀に宿る数々の神が持ち主に憑依（ひょうい）して敵を刺し殺す光景を、二つの言葉で淡々と綴る。

ユーカラの中では、たくさんの者が悲劇的に死ぬ。

人、動物、そして神々が死ぬ。

しかし幸恵にとっては少しも怖くない。

幼い頃から祖母のモナシノウクから子守唄がわりに聞かされてきた物語だ。目の前で血飛沫（ちしぶき）が飛ぶかのような凄惨な戦いも、どこか故郷を思い出す懐かしい響きに感じられる。

一心不乱に文字を綴るその時、時間は止まり心は身体を離れ、自分という者が真っ暗闇の中、過去と未来の間に浮かぶ塵（ちり）の一つになったように思えてくる。

何も考える必要はない。

私がすべきことは、ただ私の偉大なる先祖たちの言葉を受け取り、それを後世に残すことだ。

「幸恵さん、少しよろしいでしょうか」

ふと、現実に引き戻されて手が止まった。

金田一の声だ。

「ええ、もちろんです」

気付くと、文字通り机に齧(かじ)りつくようにしてひどく背を丸めていた。

幸恵が姿勢を正すと同時に、襖がゆっくり開いた。

「大事なお話があるのです」

現れた金田一が、強張った顔で声を潜めた。

朝食の席では少しも見せなかった、ひどく思いつめたような不穏な表情だ。

幸恵はごくりと唾を呑んだ。

私たちアイヌを土人と呼んでくれるな、と啖呵(たんか)を切ったあの日から、金田一と二人きりでこうして顔を合わせるのは初めてだった。

あれから意識が朦朧とするような高熱に浮かされ続けた。それに未だに熱が下がり切っていないこともあり、あの日の出来事はまるで夢の中のようだった。たいへんなことを言ってしまったという実感が薄かった。

だが金田一は、あれから幸恵の発言の意味をずっと考えていたに違いない。

お前のように生意気な土人の娘は、もう厄介払いだ。

すべて金田一の好意でここに住まわせてもらっている私は、ほんとうはいつそう思われてもおかしくない立場なのだ。

急に恐ろしくなってくる。

私は間違ったことは言っていない、と言い切りたい。けれどその気持ちよりも何倍も激しく、なんてことを口にしてしまったのだろう、という後悔に襲われる。

「金田一先生、お詫び申し上げます。あのときの私は――」

幸恵が震える声で囁くように言いかけたその時、金田一が口を開いた。

「実は『梟の神の自ら歌った謡』について、教えていただきたいことがあるのです」

「えっ？」

目を見開いた。いったい何の話をしているのか、しばらくわからなかった。

「このノートの最初に書かれたほうの『梟の謡』です。銀色の雨粒が周りに降っている、というサケヘで始まるあの謡です」

金田一は幸恵が書いたノートを示した。

サケヘとは、ユーカラの中で物語の内容とは関わりなく幾度も登場する印象的なフレーズのことをいう。

「後半の同じ題名の『梟の神が自ら歌った謡』のほうにも、もちろん質問があるのですが。そちらはまだ私の頭がまとまっておりませんので追々お願いいたします。そしてこの二つの謡はまさか本の出版の際に同じ題名のままというわけにも行きませんので、今、議題になっているもののほうを〝銀の滴〟と呼びましょう」

金田一がとんでもない早口で言った。

「……は、はい。〝銀の滴〟ですね」

幸恵は慌てて頷いた。

金田一の手にしたノートを覗き込む。

「この冒頭の《シロカニペ　ランラン　ピシカン》《コンカニペ　ランラン　ピシカン》ですが、これは文中に何度も登場しますね。つまりサケへだと判断してもよろしいのでしょうか？」

「いいえ、私は、そう思いません」

ほんの一瞬だけ考えてから、幸恵はきっぱりと首を横に振った。

「と、いいますと？」

金田一が身を乗り出した。

「次の『狐が自ら歌った謡』をご覧ください。《スマトゥム　チャシチャシ　トワトワト》《ニトゥム　チャシチャシ　トワトワト》」

幸恵は滔々(とうとう)とユーカラを謡う。

金田一が息を潜(ひそ)めてその響きに耳を澄ませた。

「この《トワトワト》こそが物語に関係なく挟まれる、合いの手のようなもの。つまりサケへとなります。子守唄の『ねんねんころり』や民謡の『えんやーこら』のようなものとでも申しましょうか」

「物語に関係なく挟まれる、合いの手。ねんねんころりや、えんやーこらのようなもの……」

金田一が幸恵の言葉を繰り返してから、「ま、待ってください」と、すぐに胸元から取り出した手帳にペンを走らせた。

「一方で、この《シロカニペ　ランラン　ピシカン》《コンカニペ　ランラン　ピシカン》は、意味のない合いの手ではありません」

「それは、どのように判断するのですか？　私には、《トワトワト》も《ランラン　ピシカン》も、同じように、歌のようなリズムを刻む耳触りの良い言葉に聞こえてしまうのですが。《シロカニペ　ランラン　ピシカン》《コンカニペ　ランラン　ピシカン》は、さすがにサケへというには長すぎるからでしょうか？」

金田一が眉間に皺を寄せた。

「直後にある《アリアン　レクポ　チキ　カネ》をご覧ください」

幸恵はノートの文字を指さした。

「私はこれを見て、《シロカニペ　ランラン　ピシカン》《コンカニペ　ランラン　ピシカン》はサケへではないと申し上げました。《アリアン　レクポ　チキ　カネ》、つまり《〜という歌を私は歌いながら》と言っていますから、これは梟の神の歌った謡の〝歌詞〟だということです。意味のある言葉です。合いの手ではありません」

「なるほど。では、この《アリアン　レクポ　チキ　カネ》がなく、急に《私は〜》というように物語が始まっているようでしたら……」

「それならばサケへといえるでしょう。言葉の長さは関係ありません」

「たいへんよくわかりました！」

金田一が満面の笑みで言った。

思わず幸恵も微笑み返す。

通じた。

そう思った。

傍から聞いたら、私たちがいったい何の話をしていたのか、ほとんどの人には意味がわからないだろう。

しかし私の言葉は、金田一先生にしっかりと通じている。そんな手ごたえがあった。

「他に何かお聞きになりたいことはありますか？」

「ええ、次は訳文についてです。この、梟の神が、貧乏な子供が放った矢を手で取るところですが……」

《小さい矢は美しく飛んで私の方へ来ました、それで私は手を差しのべてその小さい矢を取り

ました》

金田一は幸恵の書いた文字を指さす。

「鳥には〝手〟はありません。ここは、〝脚〟か〝翼〟と訳すべきなのではないでしょうか？」

「〝手〟で合っています。訳し間違えではありません」

幸恵は背筋を伸ばした。

「ここでの〝手〟は、ここから差しのべられた手のことです」

胸に手を当てる。

「続けてください」

金田一が幸恵を射るように鋭い目で見つめて促した。

「梟の神は、胸の内から手を差しのべて子供が放った矢を取ると決めたのです。つまり――」

「ここで矢が当たって、梟は死んだということなのですね！」

金田一が激しく幾度も頷く。

「ええ。その通りです。アイヌではすべての動物に神が宿り、その神が自ら狩の獲物になるかどうかを決めるのです。この梟の神は、貧乏人の子供の獲物になり肉体という服を脱ぎ棄てると決めます。ですが魂は永遠に続きますので、〝矢を取った〟後も、謡は続きます」

「私が思っていたのとはまったく逆です。私はここで梟は、子供が放った矢を軽々と摑んで撥ねのけて、その子供の家に遊びに行き、金銀財宝をもたらしてくれたのだと……」

「まあ、なんて可愛らしいお話でしょうか」

幸恵はぷっと噴き出した。

そんな呑気な解釈があるなんて思ってもいなかった。このユーカラは、子供に矢で射られて死に、獲物となり、家に持ち帰られた梟の神の物語だ。

「お年寄りが子供に語り聞かせるもの、というだけで、平穏で可愛らしい物語に違いない、という思い込みがありました。まさか梟の神はこんなに早くに射ち落とされて死んでいたなんて……」

金田一が頭を掻く。

「それは和人の思い込みです。これはアイヌの謡です」

さらりと言葉が流れ出た。

幸恵は金田一をじっと見つめた。

「ええ。そうですね。我々が命を懸けて向き合うこのユーカラは、アイヌの謡です」

金田一はしっかりと頷いた。

――これはアイヌの謡。

自分の放った言葉が胸に染み渡る。喉元のあたりで涙の味を感じた。

――金田一先生。そう言っていただいて、ありがとうございます。

思わず口に出してしまいそうな気持ちを必死で抑えて、幸恵は激しく拍動を刻む胸元にそっと手を当てた。

4

その日、朝から静江は上機嫌だった。

娘のように華やかな銘仙(めいせん)を着て、もてなしの準備に取り掛かる菊の手伝いに忙しく飛び回った。

「幸恵さん、ちょっと来てちょうだい。どれでも好きなものをあげるわ。幸恵さんがご自分で選んでちょうだいな」

そんなことを言って部屋いっぱいに広げた着物を見せると、ああでもないこうでもないとひとりでぶつぶつ言って、結局、白地単衣(ひとえ)を選び出した。

普段は菊に任せている若葉の世話も進んでこなし、歌を歌ったり抱き上げてあやしたりとさんざん家中に明るく輝くものを振り撒いた末、日が傾き出した頃に、ふっと燃料が切れた。

「気分が優れないの。申し訳ないけれど、お客様の前に出るのは遠慮するわ」

真っ青な顔で呟く静江に、家中の皆が「どうぞ、どうぞ、ごゆっくりお休みください」と大きく頷いた。

百合子が現れたのは約束の時間を十五分ほど過ぎた頃だった。

「おじさま！　お元気でいらっしゃいましたか？」

玄関先の華やいだ声に、幸恵はごくりと唾を呑んだ。

静江の白地単衣は幸恵には袖が長い。いかにももらいものだと気付かれるのではないか。

いくらお洒落をしても、丁寧な振る舞いを身に着けても、勉学に励んでも、私のようなアイヌが〝東京のお嬢様〟に敵うはずがない。百合子のような女から見れば、同じ人間だとさえ思えないかもしれない。

そんなふうに身構えて、ひどく臆してしまう自分に気が重くなった。

「妻は身体の調子が悪くて、今日はお目にかかれそうにありません。百合子さんにくれぐれもよろしくと申しておりました」

「まあ、お大事になさってくださいませ。ところでおじさま、白蓮（びゃくれん）女史の絶縁状、お読みになった？　私、あれを読んで頭がくらくらしてしまいましたわ」

柳原（やなぎわら）白蓮の名に、幸恵は耳を欹（そばだ）てた。

今上天皇の従妹（いとこ）にあたる生まれに類まれな美貌を持ち、九州の炭鉱王、伊藤伝右衛門（いとうでんえもん）の妻となった白蓮は、昨年、年下の社会運動家である宮崎龍介（みやざきりゅうすけ）と駆け落ちをした。

その際に白蓮が新聞に発表した夫宛の絶縁状は、夫婦仲への不満があまりにも赤裸々に綴られていると日本中が大騒ぎとなった。

「せっかく己の心に従って大金持ちの夫を捨てる、なんて思い切りの良いことをしたっていうのに。わざわざあんな古臭い恨み節を発表したら、すべてが台無しですわ。白蓮女史にはがっかりいたしましたわ。私、彼女の歌は甘ったるくて好みではないとは思いつつも、文学者としては心より尊敬申し上げていましたのに。あら！」

茶の間に現れたのは大きな女だった。

ショートカットをウェーブに撫でつけて、整髪料でかっちりと固めている。膝を隠す丈の檸檬色のワンピース。ふくよかな身体にいっそう小さく見える黒のエナメルのハンドバッグは、梅雨時の夕暮れでも艶々と輝いていた。

二の腕とふくらはぎは太くたくましく、胸は豊かだ。丸顔の顎のところまでたっぷり肉がついている。

「はじめまして。荒木百合子と申します。あなたが知里幸恵さんね。お話は伺っていますわ」

百合子は傍らの華奢な金田一よりも一回り大きな身体を揺らすようにして、幸恵に握手を求めた。

幸恵は恐る恐る右手を差し出した。柔らかい肉のついた冷たい掌が、幸恵のがさついた手をぴたりと包み込んだ。

百合子は温厚そうな身体つきに似合わない奥二重の鋭い目で、興味深そうに幸恵の顔を眺めた。

花束のような華やかな香水の香りと、煙草の強い匂いが漂った。

「それでは、アメリカ式に、早速、乾杯、といたしましょうか。お菊さん、飲み物をお願いいたしますよ」

金田一が廊下に向かって声を張り上げた。

「はいはい、ただいまー!」

菊の返事は、思わず百合子が振り返ってしまうくらい破れかぶれの調子だ。宴の準備と若葉の世話で、てんてこ舞いなのだろう。

「おじさま、アメリカでは、その家の主人がホストとして客人をおもてなししますのよ。インテリジェンスの家では、妻や女中に何から何まで言いつけて自分はぼんやりしているだけ、なんて主人はおりませんの」

百合子が悪戯っぽく笑った。

「おっと、これはこれは、どうぞお手柔らかにお願いいたしますよ」

金田一が苦笑いを浮かべて頭を掻いた。

「百合子さんとお話をすると、胸のあたりがすっとしますね。あまりにもはっきり仰るので、かえって心地良く思えます。この国に新しい風が吹く、というのはこんなことなのでございましょうね」

金田一は百合子に誇らしげな目を向けると、「ではでは、わたくしがホストとやらになりましょう」とおどけた調子で台所へ向かった。

「いつ頃、東京にいらしたの？」

百合子が年上らしい口調で幸恵に微笑みかけた。

金田一と話していたときよりも数段低い声だ。こちらが百合子のほんとうの声だ。

「先月です。五月の十三日に到着いたしました」

幸恵は慇懃(いんぎん)な早口で答えた。

私は一切の不便なく、日本語を流暢(りゅうちょう)に話すことができるのだ。

「そう、東京での生活は慣れた？　私も北海道はよく知っているわ。向こうとこちらとでは、あまりにも生活が違うから戸惑ったでしょう？」

「こちらでは、とても良くしていただいています。ほとんど出かける機会がないので、家の中で勉強をしている分には、戸惑うこともそれほど多くはありません」

ふいにジョン・バチェラーの名を思い出す。

百合子はかつて札幌に小説の取材に向かった際、アイヌへのキリスト教伝道の第一人者である宣教師のジョン・バチェラーと親交があったと聞いた。

北海道をよく知っている、とはそのときのことだろう。

「あら、それは残念ね。東京は、のべつまくなしに出かけなかったらちっとも楽しくないところよ。こんなに狭苦しいウサギ小屋にずっといたら、気が滅入るわ」

百合子が、あらいけない、というように口元を押さえてくすっと笑った。

「近々、博覧会に行くんです。先生と奥さまと、春彦ぼっちゃんと若葉ちゃんとお菊さんと、みんな、みんなで」

幸恵は百合子の笑顔に少し気持ちが解（ほぐ）れた気分で言った。

「私も行くわ。一緒に行く。いいでしょう？」

百合子が春彦のように素早く手を挙げた。

「えっ？　そ、それは、もちろん先生もお喜びになると思います」

珍しく出かけることに乗り気になっていた、静江の顔がちらりと浮かんだ。

きっと静江は、百合子が行くなら私は行かないと言い張るに違いない。

常に静江の気まぐれに振り回されて冷や冷やしているはずなのに、そうなってしまうのはなんだか寂しかった。

「幸恵さんは、北海道のどちらからいらしたの？」

百合子が一歩進んで、距離を縮めた。

「旭川です。百合子さんは、以前、札幌にいらしたんですよね？」

「ええ、そうよ。三、四年ほど前だったかしら。札幌のジョン・バチェラーのところを拠点に半年ほど北海道に滞在して、アイヌのことを学んだのよ。日高の平取にも案内してもらったわ。生憎、旭川には行けなかったけれど」

ジョン・バチェラー。

構えていたはずなのに身体が強張った。

「バチェラー先生には、養母——伯母がたいへんお世話になりました。私も何度かお目にかかったことがあります」

小刻みに頷いて答えると、百合子の眉間に怪訝そうな皺が寄った。

「あなたの伯母さまは、旭川の方よね？　バチェラーとはどんな繋がりがあるの？」

「伯母は、幌別の生まれです。バチェラー先生がおつくりになった函館の伝道学校で学んだバイブル・ウーマンなのです。旭川の教会に仕えています」

「バイブル・ウーマン。つまり伯母さまは職業婦人なのね。だから、幸恵さんに上の学校での学びの機会を与えて下さった。素晴らしいことだわ！」

百合子は、己の言葉にひとり納得するように大きく頷いた。

合格した、とでもいうように、幸恵にこれまでよりもずっと親し気な目を向けた。

と、その目が鋭く光った。

「幸恵さん、あなた、バチェラーの心霊術を受けたことがある？」

息を呑んだ。

ジョン・バチェラーは、自宅兼教会で心霊術と呼ばれる治療を行っていた。その掌を患者の苦しいところに当てるだけで、悪いものをただちに消し去ってしまうという。北海道のキリスト教徒の間では知らない人がいない逸話だ。

実際に心霊術を受けた人の中には、効いたという人もいるし効かなかったという人もいる。胡散臭いと嫌がる者もいた。

だが顎髭をたくわえた白人の老人であるバチェラーの風貌と、日々学びの跡が窺える拙い日本語、そしてアイヌ語は、皆から好意を持って受け入れられていた。

長期でバチェラーの元に滞在した百合子が、そのことを知らないはずはない。

「は、はい。一度、偶然、列車でお会いした時に」

喉が苦しい。

百合子はいったい何を言いたくて、心霊術のことを訊いたんだろう。

「よくぞ言ってくれた」と、日本中の女性たちの心を震わせたはずの柳原白蓮の絶縁状を、「古臭い恨み節」とあっさりと切り捨てたこの女は、私から何を聞き出したいんだろう。

「百合子さんは？」

この誘導に引っかかってはいけない。

バチェラーの心霊術なんて嘘っぱちだ。あんな怪しい術を信じている者は馬鹿だ。

辛辣な皮肉屋の百合子は、きっとそう言いたいだけに違いない。

「いいえ」

百合子がきっぱり首を振った。

「私は、一度も、バチェラーに心霊術を施術してもらえなかったわ。風邪を引いて熱を出したり、幾日も頭痛が止まらなかったりお腹を壊したり、助けて欲しい場面はいくらでもあったんだけれど」

幸恵の心ノ臓が氷を押し当てられたように冷たくなった。

「さあさあ！　この家のホストが、お二方に飲み物をお持ちいたしましたよ。日本が世界に誇る才女の百合子さんと、麗しきアイヌのおとめ幸恵さん。後世に名を遺す二人の女性に乾杯しましょう！」

金田一が三つのグラスを危なっかしく手にして現れた。

これまでこの家で目にしたことのない、三つのワイングラス。

そのうち二つには濃い紫色のワインが注がれているが、一つには透明な水だ。

えっと思う間もなく、百合子は金田一の手から奪い取るように水のグラスを手に取った。

「あ、それは、幸恵さんに……」

金田一を無視して、百合子は水のグラスを掲げると、幸恵の耳元で「後で、ゆっくり二人でお話ししましょう」と囁いた。

5

その夜百合子は、真夜中まで茶の間で金田一と語りあった。

「おじさま、それは違いますわ。白蓮女史の一連の行動は、女性を解放したわけではありません。己の性欲に従って動いただけです。もちろん彼女の言い分には一理あります。夫が古株の女中に手を付けて、その女中が家の中で妻よりも大きい顔をしている。そんなの誰だって、腹が立たないはずはありません。ですが出奔した後になってから、そんなふうに前の夫に対して拗ねて見せることに何の意味がありましょう?」

百合子の声は、いつの間にか幸恵と話していたときのように太く強い声に変わっていた。

「ですが百合子さん。あなたはご存じないかもしれませんが、今の世では、夫の不貞を責めることさえもできず、我慢を重ねている女がほとんどなのですよ。彼女たちにとっては、白蓮女史の行動は、紛れもなく新たな時代への一歩を踏み出す勇気となったに違いありません」

応じる金田一のほうも、こんな議論を交わすのが楽しくてたまらないという様子だ。

「わたくしは、先に失礼させていただきますね」

春彦と若葉の寝かしつけを口実に、とっくの昔に春彦の部屋で寝入っている菊を追って、幸恵はまずは金田一に、次にワイングラスを手に煙草を指先に挟んだ百合子に小さく頭を下げた。

「あら、そう? おやすみなさい。今日はお会いできて嬉しかったわ」

乾杯の直前に、「後で、ゆっくり二人でお話ししましょう」なんて囁いたことはすっかり忘れた様子で、酔って頬を赤くしている百合子にほっとする。

春彦と若葉、それに菊の長閑な鼾が響く子供部屋に逃げ込んで、暗闇の中で寝間着に着替えた。

静江にもらった白地単衣を脱ぎ捨てると、心からの安堵を感じた。

寝相の悪い春彦は布団の向きなんて一切頓着していない。小さく微笑んで、春彦の横に並ぶように横たわった。

茶の間から漏れ聞こえる声を子守歌代わりに目を閉じた。

お互い既婚の酔った男女が「性欲」なんて言葉を平然と使い、激しく議論を交わす声。これこそが東京の光景なのだろう。

こん、と空咳が出た。

嘘。

幸恵は押し寄せてくる不安に身を縮めた。しばらく自分の身体の隅々にまで耳を澄ます。胸の奥に、嫌な熱を帯びたものを感じる。

どうかこれが病の始まりではないように、と震える心で祈る。

ワイングラスに注がれた最初の一口だけとはいえ、酒を口にしてしまった。こんなに夜更かしをしてしまった。

いやちがう、百合子からバチェラーの〝心霊術〟のことを尋ねられたせいだ――。

昔の記憶が蘇った。

体調不良で休みがちだった旭川女子職業学校の卒業が、ようやく決まった頃のことだ。

卒業の報告も兼ねて久しぶりに登別の生家に顔を出し、実母のナミととりとめのないお喋りをして、弟たちと野山で遊んで、すっかり気も心も満たされたはずの帰り道だった。

帰りの列車の中で、急に胸から咳が溢れてまったく声が出なくなってしまった。岩見沢（いわみざわ）から函館本線へ乗り換える切符を買うにも、筆談をしなくてはいけないかもしれないほどの酷い咳だ。

おまけに熱も出てきたようだ。列車の硬い椅子に座りっぱなしでろくに身体を動かしていないはずなのに、節々に打ち身のような鈍い痛みが広がった。

猛吹雪の中で、裸の上に薄衣一枚羽織って取り残されたような気がした。

今この時はまだ我慢できる。気力も体力も何とか余裕がある。でも、この荒れた世界を掻き分けて家に無事に帰ることはできないかもしれない。途中で行き倒れてしまうかもしれない。

旭川までの長い道のりを考えると、たまらなく心細くなった。

「そこにいるのは、マツさんのところの幸恵さんですね。なんて偶然でしょう。これはきっと神のお導きです」

柔らかい男の声に顔を上げると、苫小牧（とまこまい）から列車に乗り込んできた乗客の中に、白髪に長い顎髭を蓄えた碧（あお）い目の老人の姿があった。

札幌の聖公会の管理司祭、マツの伝道の上司であるジョン・バチェラーだ。

「まあバチェラー先生、どうも長くご無沙汰しております」

必死の思いで絞り出した声は、走り出した列車の音にすっかり掻き消されてしまった。

マツが敬愛する宣教師の先生だ。失礼があってはいけない、と咳を堪えて背を伸ばすと、苦しくて目頭に涙が浮かんだ。

「身体の具合が悪いのですか?」

バチェラーは幸恵の顔を覗き込んだ。幸恵の額に冷たい掌を当てる。

「これは大変だ。すごい熱です」

バチェラーはそのまま掌をしばらく幸恵の額に押し当てた。

目を閉じて何かに集中する顔をする。

「バチェラー先生、どうぞ先生の心霊術で私の身体を治してくださいませ」

幸恵は蚊の鳴くような声で囁いた。両掌を合わせて目を閉じた。

「私の心霊術は、列車の中では具合が悪いです。今夜は札幌にいらっしゃい。私の家に泊まると聞けばマツさんも安心でしょう」

バチェラーの掌が幸恵の背に触れた。膿んだように熱を持った背中がずきんと痛んだ。

幸恵は藁にも縋る思いで頷いた。

「眠れ、眠れ！」

暗闇の中でアイヌ語の呪文が聞こえた。バチェラーの声だ。

アイヌ語の発音がほんの少しだけ違う。自信に満ちたはっきりとした声なのに、子供のように拙い響き。この響きのお陰で皆がバチェラーに好感を持つのだ。

寒い。

幸恵は剝き出しの二の腕を両掌で摩った。額は汗で湿っているのに、歯の根が合わないほど寒い。

一寸先も見えない真っ暗闇だ。

裸の身体はすっかり闇に沈んでいるので、それほど恥ずかしくはない。明るい陽射しの入る真っ白な診察室で着物を脱いで、幾人もの看護婦が見守る中で聴診器を胸に押し当てられるよりはずっと気楽だ。

バチェラー先生、どうか私の身体を治して下さい、と心で唱える。

私はこのまま倒れてしまうわけにはいかないんです。私にはまだやらなくてはいけないことがたくさんあるんです。

私がやらなくてはいけないこと。それはいったい何だろう。

身体が弱いアイヌの少女。希望に溢れて何かを始めようとすると、決まって自分の身体に裏切られる。自分の生まれに裏切られる。そんなちっぽけなものに、いったい何ができるというんだろう。

「ゆっくり（ポンノ）眠れ（モコロ）！　眠れ（モコロ）！」

夢うつつの世界へ落ちていく。

ふいに登別で存分に一緒に遊んできたばかりの、小さな弟の真志保の顔が浮かんだ。

あの子が生まれたとき、私はすごく嬉しくて、少しだけ寂しかった。

さほど身体が強くないハポ（母さん）が三人も子を産むことができたのは、私が登別の家からいなくなったからだ。父が起こした事故のせいで家庭がごたごたしていた頃に幼い私を育てる手間が省けたから、そのおかげで家計にもハポの気持ちにも余裕ができたのだ。

真志保は私よりもはるかに賢い子だ。まっすぐにものを見据える顔つきひとつを見てもわかる。あの真剣な眼差しに、汚いものばかりを見せてはいけない。

真志保には美しいものをたくさん見せてあげたい。

ヌプルペッの濁った水が日差しにきらきらと輝くような、両掌で掬（すく）い上げた冷たい水を青空に跳ねさせるような。美しく清らかで自由な世界を見せてあげたい。

真志保のような幼い者たちに、私のように惨めな思いはさせたくない。

アイヌに生まれた身の上を嘆き、故郷の北海道を憎み、恵まれた和人に石を投げつけたくなるような。恨みつらみで悔しい、悔しいと呟くような人生は送らせたくない。

急に息が止まった。

冷や水を浴びせかけられたように驚く。

鎖骨のあたりに冷たい掌を感じた。バチェラーの掌だ。

暗闇で目を見開いた。

バチェラーの姿はどこにも見えない。ただバチェラーが羽織った白衣の衣擦れの音だけが聞こえる。

バチェラーの掌が鎖骨の位置を確かめるように動いた。

掌が幸恵の左の乳房に触れた。

「――やめてください」

冷たく嗄（しわが）れた声が出た。

バチェラーの掌がぴたりと止まった。

しばらくの恐ろしいほどの沈黙。

と、急に部屋の明かりが点いた。

「帰りたまえ。こんな侮辱は初めてだ！」

茹で上がったように真っ赤な顔をしたバチェラーが、扉を指さした。

「私はあなたに心霊術を施して、身体の悪いところをすっかり治してやろうと思っていた。しかしあなたは私の好意を無下（むげ）にしたんだ！」

バチェラーは拳を振り回して声を荒らげた。

「先生、お待ちください。たいへんな失礼を申し上げて……」

幸恵は跳ねるように寝台から身体を起こした。

裸の身体を隠すものを探すが、どこにもない。着物はこの部屋に入る前に、入り口の小部屋ですっかり脱いでしまった。致し方なく腕で乳房と下腹部を隠して立ち上がる。まるで銭湯にいるような情けない姿だ。

「あなたの心は汚れている。人を信頼し、人を敬うことを知らない。せっかく治るところだったのに。私があなたの心臓に触れることで、あなたの病はたちまち良くなるところだったのに……」

私の心臓、と思う。

幸恵はバチェラーの掌の感触の残る自分の左胸に、力を込めて触れた。

心臓ではない。これは私の乳房だ。女の証であり、いつか母になる証だ。

何か言わなくてはいけないと思う。しかし同時に、決して口を開いてはいけないとも思う。

耳の奥でみるみるうちに血の気が引いていく音が聞こえた気がした。

「旦那様、どうかなさいましたか？」

戸口のところに小さな老婆が立っていた。祖母のモナシノウクと同じくらいの高齢で口元に入れ墨を彫ったアイヌの女性だ。

「おやおや、いつまでもそんな恰好のままでいてはもっと身体が悪くなりますよ。早く着物を着てしまいなさいな」

老婆は裸の幸恵に目を向けた。

「コリミセさん、この子をあなたの部屋に泊めてやってくれますか？　本当は上の客間で丁重にもてなすつもりでしたが、どうやらそれは嫌なようです。私の高貴な心霊術を、いやらしい企みのものと勘違いしています。この年頃の娘には、時にこういうことがあるのです」

バチェラーが幸恵の顔を見ずに言った。

コリミセと呼ばれた老婆は何も答えずに目をしばたたかせている。

幸恵は老婆の小さな背の後ろに隠れるようにして着物を身に着けた。

「バチェラー先生、失礼をほんとうに申し訳ありませんでした。うとうととあまり気持ちよく眠りかけていたもので、思わず寝言が口から飛び出てしまっただけです」

勢いよく頭を下げた。

「今日の出来事は、あなたの口からマツ女史にお伝えなさい。私は後ろ暗いところは何一つありません。何を言っていただいても構いませんよ！」

バチェラーは幸恵を睨み付けると、早足でいなくなった。

「私の部屋においで。廊下の先の階段から地下に降りるよ。少し急な階段だけれど、自分の足で歩けるね」

老婆が先を歩き出した。淡い光を放つランプを手に、洋館の暗くて長い廊下をゆっくりと進む。

「バチェラー先生はアイヌにとっては神様さ。アイヌの子供のために学校を作って、女に仕事を授けてくださるんだからね」

老婆は洋館の煌(きら)びやかな内装を示すようにランプを巡らせた。

廊下に飾ってあった写真に目が留まった。

この屋敷の庭。ベンチで微笑むいかにも洗練された四人の男女の写真だ。

バチェラーの姿はすぐにわかった。二人の女のうちひとりは三十代くらいの控えめな笑みを浮かべた女性、もうひとりは二十歳になるかならないかという年頃で、はっと目を惹くほど美しく華やかな顔立ちをしていた。

最後のひとりは、背が高くて痩せぎすの生真面目そうな男——金田一京助だ。

皆、カメラに向かって屈託なく笑っていた。

《東京から来たる学者の金田一京助君。作家の中條百合子女史と。娘八重子(やえこ)と》

ああそうだ、あのとき私は百合子の名を目にしていたんだ。

幸恵は夢と現実の狭間で、強く奥歯を嚙み締めた。

第六章

貴女の友

1

朝の茶の間では庭に面した窓が開け放たれていた。六月とは思えないくらい寒い。この寒さは、窓の外に広がる小さな庭が墓場のように暗く淀んで見えるからというのもあるのかもしれない。空が梅雨雲に覆われているせいだ。

幸恵はどうにか何事もなく治まってくれた胸のあたりを撫でながら、食卓についた。

百合子の姿はない。昨晩遅くに車を呼んで帰ったのだろう。

二日酔いに寝不足の浮腫(むく)んだ顔をした金田一が、朝食にほとんど手を付けずに気怠(けだる)そうに茶を啜っていた。

菊が朝食の配膳に忙しく走り回るたびに、踏みしめた畳から燻(いぶ)されたような強い煙草の匂いが漂うような気がした。

「幸恵さん、春彦ぼっちゃんに朝ご飯を食べさせてやってくださいな。ぼっちゃんは、お喋りしているとすぐに手が止まりますからね」

菊が、おどけた様子で春彦の頰を人差し指でちょんと突いた。

「わーい。幸恵さん、食べさせてちょうだいな」

春彦が、燕の雛のようにこちらに口を開けてみせた。

青い顔をした母親の姿がないとき、春彦はこうして菊や幸恵に存分に甘えてくる。

「はいはい、もちろんですよ。ぼっちゃん、何が食べたいですか？　お魚？　それともご飯にしましょうか？」

幸恵は春彦と顔を見合わせて笑った。

「そういえば幸恵さん、本日の私たちの研究は、『急用のため中止』ということでお願いいたします」

金田一が欠伸を堪えて湯呑みを置いた。

「え、ええ。もちろん構いません。ごゆっくりお休みになってくださいませ」

「あーん」と口を開ける春彦に気を取られながら、頷いた。

幸恵がいちばんの情熱を注いでいる『アイヌ神謡集』は、もうじき第一稿が仕上がりそうだ。今日は一日、誰にも邪魔されずに自分の仕事に没頭できると思うと、胸の中に力が広がった。

と、昨夜会った百合子というたくましい女の顔が、閃光のように過る。

いけない、いけない、と眉間に皺を寄せた。

あの女は毒だ。

アイヌ語を口ずさみ書き留めて、どこまでも頭を使い尽くして自分の仕事に向き合って、もう二度と会うことのない百合子のことなんて忘れてしまおう。

「私の都合ではありませんよ。大の男が、二日酔いくらいで大事な仕事を放りだすわけにはいきません」

金田一が眠たげな目元を親指で強く拭った。

「今日は、幸恵さん、あなたのご都合が悪いのです。もうじき百合子女史が迎えに来ます。渡したいものがあるとのことです。それと、姫君はついでにあなたを東京見物に連れて行きたいと仰っています」

金田一が柱時計に目を向けた。

「百合子さんが、ですか？　今日、これからですか？」

腰が抜けるほど驚いて訊き返すと、金田一が困ったように笑った。

「百合子女史は言い出したら聞かない人ですので、どうぞお許しください。幸恵さんはお身体が弱いということも伝えて、やんわり断ろうとしたのですが。それを聞いてもなお、明日会いたい、明日でなくてはいけない、の一点張りです。まったく困ったものですね」

冗談じゃない。あの人に連れ出されて東京見物に行くなんて。

何か言おうと口を開いたそのとき、春彦が幸恵の着物の袖をくいっと引っぱった。

「あ、あら。春彦ぼっちゃん、ごめんなさいね。ずっとお口を開けて待っていたんですね」

口を大きく開いて眉を八の字に下げた春彦の顔に、ほっと心が和む。

春彦が口を開けたまま沢庵を指さすので、慌てて口に放り込んでやる。

ぽりぽり、と沢庵を齧(かじ)る音が響いて、春彦が満足そうに笑った。

「もう平気。自分で食べられるよ。幸恵さんは、これからお出かけのお支度があるんでしょう？」

春彦が賢そうな顔で自分の箸を手に取った。

「そうですよ。幸恵さんはこれからお支度にお忙しいのです。お友達とお出かけする前の、お母さまみたいにね」

金田一が春彦に目配せをして笑った。

「それは素敵だね。ねえねえ、幸恵さん、あのね」

春彦が幸恵の耳元に口を寄せた。

「百合子さんに何を貰ったのか、あとで教えてね。いったい何だろう。お菓子かな。果物かな。ハンカチかな。もしも難しい本だったらがっかりだね」

「まあ」

春彦は百合子が幸恵に「渡したいものがある」なんて言ったことを、耳ざとく聞きつけたのだ。

百合子から幸恵へ。

渡したいものというのはいったい何だろう。

恵まれたお嬢さまから、気の毒な貧しき者へ——。

あなたは私に、目が眩むような良い贈り物をくれるのでしょうね。

幸恵は胸の内で低い声を出した。

わざわざそんなもったいぶったことを言って、得意げな顔で子供だましの安物を寄越したりなぞしたら、私はきっとそれを帰りに道端に放り捨てるだろう。

また恨みがましい心が疼く。

「ええ、もちろん、あとでお伝えしますね」

声を潜めて応じながら、いつの間にか、上野駅に初めて降り立ったときのように胸が力強く高鳴っていることに気付いた。

2

「今日はきっと幸恵さんにとって、今までの人生でいちばん楽しい日になるわ」

百合子は朝九時ちょうどに金田一の家を訪れた。

今日は鶯（うぐいす）色の脛（すね）あたりまであるワンピースを着て、短い髪の毛先を内側に巻いて整髪料で固めている。頭にはワンピースと同じ鶯色の帽子。昨夜の黒いエナメルのハンドバッグよりも二まわりくらい大きい重そうな革製の鞄を腕に通して、背筋をしゃんと伸ばしている。

前の晩遅くまで酔っぱらっていたとは思えない、生気に満ち溢れた姿だ。

二日酔いで萎れたようにぐったりしていた金田一の姿が脳裏に浮かんだ。

「その着物、良いわね。昨日のお仕着せよりも素敵よ。あなたに似合っているわ」

百合子が幸恵の縞柄の銘仙に目を向けた。

実母のナミが結婚の祝いに拵（こしら）えてくれたものだ。地味な藍色で人目を惹く華やかさはないが、今、巷で流行の銘仙を持てたというだけで嬉しかった。

「……ありがとうございます。これきりの一張羅（いっちょうら）なんです」

百合子は幸恵よりも一回り長身だ。お嬢さまの気まぐれに振り回されてなるものかと身構えていたはずなのに。体格の差を思い知らされると、卑屈さを覚えるほどに気弱な調子で応じてしまう。

「あなたならこれからいくらでも、自分で好きな服を買うことができるわ」

百合子が空を見上げる。待ち構えたように、灰色の雲に覆われた空から一筋の光が差した。

「えっ？」

言葉の意味がわからず、聞き間違いかと思って訊き返した。

「おじさまから聞いたわ。あなたは日本語とアイヌ語、そして英語まで話すことができるのね。素晴らしいことよ。あなたの語学の才能は、これから先あなたの職業の糧となってその人生を支えてくれるに違いないわ」

百合子は早足で歩きながら、幸恵の足元の水たまりに目ざとく気付くと「気を付けて。こちらへ」と、幸恵の腕をそっと引いた。


市電を乗り継いで日比谷(ひびや)へ着いた。

市電と幌(ほろ)のある車、馬車と人力車と自転車が、思い思いの方向へ勢いよく行き交う。

この一帯は、忙しない足取りで進む洋装の男ばかりだ。女の姿はほとんどない。

百合子はその間を早足で縫うように進む。

大きな身体の男と真正面からまともにぶつかって、舌打ちや罵倒の言葉を浴びるなんてことは、自分の身には決して起きないと信じている、子供のように無垢でまっすぐな足取りだ。

ヒールの革靴を履いてさらに一回り大きくなったたくましい肉体の百合子の姿は、東京の真ん中でも輝くように目立つ。

百合子が肩で風を切って進むと人の波が二つに分かれ、人力車は立ち止まって道を譲った。

「まったく、東京の道の悪さには嫌になっちゃう。この時季は、どこもかしこも泥濘(ぬかるみ)や水たまりだらけよ。幸恵さん、ちゃんとついてきているわね？」

「は、はい！」

はぐれてしまったら堪らない。幸恵は早足を飛び越して小走りのようになりながら、百合子の大きな背中を追いかけた。

ふいに百合子が足を止めて、おやっという顔で振り返った。

「ねえもしかして、あなた身体の具合が悪いの？」

幸恵の顔をまじまじと眺める。

「いいえ、そんなことはありませんが……」

ほんとうだ。昨夜の嫌な胸の感じに比べたら何でもない。今はただ急ぎ足で身体を動かしたせいで、息が上がっているだけだ。

百合子は幸恵から目を離さない。まるでその顔から病の影を見つけ出そうとしているように、真剣な顔で目を凝らす。

居心地が悪くなった幸恵が目を逸らしたと同時に、百合子の太くて丸い指が幸恵の手を力強く握った。

「ごめんなさい。幸恵さんは身体が弱い、ってお話はほんとうだったのね。もう少しゆっくり行きましょう」

百合子は急に殊勝な様子で俯いた。

大きな百合子と手を繋いで歩いていると、ふいに祖母のモナシノウクとヲカシベツの山を散歩した幼い頃を思い出した。

モナシノウクは何一つ力強いものを持たない、小さなアイヌの老婆だった。あの頃から既に足取りは覚束なく、背はひどく曲がっていた。熊や人間の男に襲われたら、幸恵を守ることなんてできないちっぽけな存在だった。

けれども祖母と二人で歩く山道は、少しも怖くはなかった。だってフチ（おばあちゃん）はあの山のことを、あの土地のことを隅々まで知っていたから。敵に立ち向かう力はないけれど、誰よりも先に異変を察することのできる人だったから。

私たちはきっと、何が起きても大丈夫。どんなときでも兎みたいにすばしっこく逃げおおせることができるのだ。

思わず百合子の身体の陰に身を寄せた。

「おじさまのせいよ。『そうそう、そういえば幸恵さんは、心臓が悪いのです』なんて呑気な調子で言うものだから。もしも本当だとしたら、命に関わるような大事なことを、そんなに軽々しく言うはずがないって思うでしょう？」

「大したことじゃありません。だいぶ具合は良いんです」

首を横に振った。

朝に聞いた、金田一が百合子との東京見物を断ろうとしてくれた、という話だろう。

「おじさまは、私が幸恵さんと仲良くなることを快く思っていらっしゃらないのよ。『幸恵さんは、明日は私とアイヌ語の研究があるんですよ』『家のことで、幸恵さんに手伝って欲しいことがありまして』なんて、いろいろ言い訳をした挙句、最後の最後に、身体の具合の話を出すんですもの。そんなに邪魔をされたら、こっちは何が何でも連れ出してやる、って意地になるわ」

「はあ」

金田一が幸恵と百合子が近づくことを嫌がっているというのは、いったいどういうことなのかわからなかった。

きっと百合子の思い違いだ。金田一は最初から、才能溢れる小説家である東京のお嬢さまのために、彼女の取材対象であるアイヌの娘を紹介するつもりでいたのだから。

「調子が悪くなったら、いつでもどこでも、すぐに私に教えてね。決して無理をしては駄目。それだけは約束してちょうだい」

百合子が握り合った手に力を込めた。

最初に案内されたのは、焼け落ちた帝国ホテル本館の跡地だった。

「ひどい有様でしょう。つい、この四月のことよ。外国人が一人犠牲になったの。来日中の英国皇太子の随員たちが行事で不在だったのが幸いね。万が一彼らの身に何かがあったら、世界中から非難されるところだったわ。テロリズムを疑われて難癖をつけられて、また世界大戦が起きてもおかしくない話よ」

周囲には焼け跡を見物にやってきた観光客らしき姿が、ちらほら見受けられる。

観光客はすぐにわかる。身なりが良く肥えていて、いったい何事かと振り返るほど声が大きいのだ。

男も女も悲惨な光景に呆然としつつ、「ああこりゃたいへんだ」「すっかり丸焼けだな」なんて、どこか燥いでいるように見えた。

急いで建て直しを行うつもりなのだろう。瓦礫は綺麗に取り去られていた。だが地面の土が深いところまで焼け焦げて、一帯が墨をぶちまけたようになっている。

黒ずんだ土地の一角に、粗末な菊の花束が供えてある。

幸恵は思わず百合子と握り合った手を解くと、花束に向かって手を合わせた。

天にまします我らの父よ、と、口の中で小さく、〝主の祈り〟の言葉を唱える。

マツの教会では、皆が覚える祈りの言葉は〝主の祈り〟ただ一つだ。朝も夜も、結婚式でも葬式でも、この祈りを唱えると決まっていた。

「幸恵さんはキリスト教徒だったわね。私は宗教を持たないの。だから、こういうときに咄嗟に祈りの言葉が口をつく、っていうのはどういう心情なのかが理解できないのよ」

幸恵の祈りの言葉が終わるのを待ってから、百合子が言った。

「……特に何も考えていませんでした。ただ、亡くなった方が気の毒なので」

奇妙なことをしてしまっただろうか、と、肩を竦めた。

「アイヌには、死者に捧げるための祈りはあるの？」

百合子がはっきりとアイヌ、と言うと、見物客の中の数人が振り返った。

「火のカムイ（神さま）への祈りというものはあります」

アイヌの伝統では亡骸を火葬しない。生前その人が使っていたものなどを燃やす。人が死んだら、火のカムイに祈る。

「そちらの祈りを唱えなかったのはなぜ？　やはり幸恵さんの世代のアイヌには、祖先から受け継がれたアイヌの文化よりも、イギリス聖公会の伝えたキリスト教の文化のほうが、身近なものになっているということなのかしら？」

百合子はそれがとても重要なことのように、眉を顰めて身を乗り出した。

まるで責められているようだ。

どうしてお前はアイヌであるのに、骨の髄までアイヌであろうとしないのだ、と失望されているように思える。

ふいに、百合子の「貧しき人々の群」を読んだときに感じた想いが蘇る。

自分の人生と〝貧しき者〟たちの人生は一生交わることはないと決めつけて、その上で、貧者に哀れみを注ぎ、施しを行うべきだと啓蒙する新しい時代の女性。

あるときは親し気にこちらに近づいて、幸恵の語学の能力をいかにも尊いもののように持ち上げてみせる。まるで自分たちの仲間であると、同志であると認めてくれたかのように。

だがまた別のときは、私に過剰にアイヌであることを期待する。私が知里幸恵なんてちっぽけな者に興味を持っているのはお前がアイヌであるからというだけの理由だ、と思い知らせようとしてくる。

知里幸恵はアイヌでなくてはいけない。アイヌであるからこそ、その才能は輝き、その人生に初めて価値が生まれるのだ、と。

——嫌だ。私はあなたの〝貧しき人々〟にはならない。

その質問には答えたくありません。

和人であるあなたと、そのことについて話し合うことに意味があるのでしょうか。

恵まれたあなたには、私たちの心は決してわからない。

私たちアイヌの抱えてきた虚しさ。自分の生まれを誇りに変えるために、この世のすべてに怒りと憎しみを抱かなくてはいけない、この私のことなんて。

「亡くなったのは、異国のお方と聞いたので」

これまでとは違う力強い声が出た。

幸恵は顔を上げて百合子をまっすぐに見据えた。

「こちらのお祈りのほうが、喜んでいただけるかと思いました。それだけのことです。亡くなった方がアイヌならば、アイヌの祈りを唱えます」

百合子はほんの一瞬だけ呆気に取られた顔をして息を呑んだ。

直後にぷっと噴き出した。

「確かにそうね！ 幸恵さんの言うとおりだわ！」

百合子は大きく頷いた。

「私、なんてつまらないことを訊いたのかしら。さあさあ、次に参りましょう。日本橋の一帯は、東京の中で最も東京らしいところよ。きっと気に入ってもらえるわ」

百合子はまるで女学生のように再び幸恵の手を握ると、幸恵の肩に自分の肩を勢いよくぶつけた。

3

日比谷から日本橋までの道のりは、華やかな洋風の建物が建ち並ぶ一角と、地味な古い日本家屋がぽつぽつと点在する原っぱとが、忙しなく交互に現れた。

臙脂色の市電が走るすぐ脇で、米俵を引く馬が馬糞を落とす。日本橋へ近づくと和装の男性もいて、さらにほんの僅かながらも百合子のように洋装の女性の姿も見かけた。

店先のラジオから流行歌が流れている。かと思うと昼間から宴席でも開いているのか、けたたましい三味線の音色が聞こえた。

西洋のものをいち早く取り入れる者と、かたくなに昔の形を守ろうとする者。はたまた、自分にとって心地良いものだけを取り入れている者。皆が思い思いに、好きなように生きている。東京というのは不思議な街だ。

棒手振り（ぼてふ）りの魚売りが通り過ぎたすぐ後を、赤や黄色や白や桃色の色とりどりのチューリップの花がいっぱいに入ったかごを抱えた十四、五の若い娘が、周囲をきょろきょろと見回しながら歩いていた。

花売りの娘は百合子の洋装に目を留めると、愛想笑いを浮かべてこちらへ近づいてきた。

「お花はいかがですか？　いつまでも色鮮やかで、いつまでも枯れないお花です。ブローチにも髪飾りにもなりますよ」

娘が差し出した真っ赤なチューリップは、よくできた造花だった。

「ブローチにも髪飾りにもなる、ですって」

百合子が娘の言葉を繰り返して、幸恵の顔を窺った。

娘はほんの一瞬だけ幸恵に目を向けて、その顔立ちにおやっと微かな違和感を覚えたような顔をした。だがすぐに百合子に視線を戻す。

花売りの娘にとっては、幸恵の出自よりも、百合子が金を持っていそうなことのほうがずっと大事なことだ。

「いかがですか。素敵な思い出になりますよ」

「いただくわ」

百合子が値段を聞かずに鞄の口を開けた。

この人は、万が一この花売りの娘にとんでもない高値を吹っ掛けられたら、一切動揺せずに、その場で相手を叱り飛ばすに違いなかった。

「幸恵さんは何色が好き？　お財布を探している間に、ゆっくり選んでちょうだい」

百合子の鞄の中は、ハンカチや口紅、それに折り曲げられた本や四つ折りになった紙切れなどが目一杯詰め込まれていた。百合子は笊の中を浚うような乱暴な手つきで、鞄の中をごそごそやっている。

「いえ、そんな。いただけません」

慌てて首を横に振った。

「いいのよ。お近づきのしるしにプレゼントさせて」

ようやく財布を見つけ出した百合子は、娘に値段を聞くと、そう、それで良いのだ、とでもいうように鷹揚に頷いた。

「彼女には何色が似合うかしら？　見立てていただける？」

百合子が金を渡しながら、低い声で娘に命じた。

「お嬢さまは華奢で儚げでいらっしゃいますので、こちらの桃色がよろしいかと」

娘は猫撫で声を出して幸恵に微笑みかけた。

娘が選んだのは、桃色の中に濃い紅色の筋の走った、本物と見まがうような色使いのチューリップだ。

「いいわね。髪に挿してさしあげて。コツがあるんでしょう?」

「ええ、こうして先の針金を折り曲げて……」

娘にされるがままに、幸恵の髪に桃色のチューリップの花が飾られた。

「素敵よ」

百合子は幾度も幸恵の背後に回り込んで髪飾りを見直しては、満足そうに微笑んだ。


絵本の中の西洋の街並みのように洒落た日本橋を渡ると、巨大な白亜の城が現れた。五階ほどあるだろうか。見たこともないほど大きな洋館だ。

「三越(みつこし)呉服店、デパートメントストアよ。私は東京でここがいちばん好きなの」

百合子は華やいだ声を出してから、すぐに「本場のハロッズには及ばないけれども、その努力は認めざるを得ないわ」と、人前で自分の親のことを褒めてしまったような照れ臭そうな顔をした。

建物の入り口には、左右一対のブロンズのライオンの像があった。牙を剥いた恐ろしい姿なのかとぎょっとしたが、よくよく見るとライオンは犬のようにお行儀よく伏せの姿勢をしていて、顔つきは穏やかだ。

「なんだか間が抜けたお顔でしょう？　トラファルガー広場のネルソン記念塔のライオン像をモチーフにしたそうだけれど、本当かしら。こんなしょんぼりしたやせっぽっちのライオン像なんて、イギリス人には通用しないわ」

幸恵がライオン像を喰い入るように見つめていることに気付いたのだろう。

百合子は入り口で門番のように立った男の目を盗んで、素早くライオンの鼻先をつついた。

ライオンは優しい目をして、されるがままになっている。

幸恵はふっと笑みを零した。

「可愛らしいお顔ですね」

このライオン像ならば、春彦も、赤ちゃんの若葉もきゃっきゃと喜んで見上げるに違いなかった。旭川のマツも登別の両親も、弟の高央も真志保も、きっとこのライオンのことを気に入ってくれる。

「絵葉書の図柄になっているわ。必ず文房具店に寄りましょうね」

驚いて百合子の顔を見た。

生まれも育ちもまったく違う、出会ったばかりのこの女に、心の中をすっかり読まれたのが不思議だった。

日比谷からここまで繋ぎ合ったままの手が熱い。この触れ合った掌から自分が考えていることが流れ出してしまっているのだろうか。

入り口の下足番に履物を預けて建物の中へ入ると、五階まで吹き抜けになった広い天井に楽団の演奏が響き渡った。

水兵さんに似せた衣装を着た少年たちが、大きなラッパやクラリネットや名前もわからない珍しい笛を吹き太鼓を鳴らしている姿に、人だかりができていた。

吹き抜けの頭上にはバルコニーがあって、そこかしこに花飾りがちりばめられている。

まるで博物館のように、ガラスのショーケースの中に細々した品物が美しく置かれている。客はそれをじっくり眺めて、気に入ったものを見つけると店員を呼ぶ仕組みだ。

「とっても面倒でしょう？　店員が店の奥から品物を持ってきて、それを自分の身体に合わせて鏡を見たりしてああでもないこうでもないと言い合って。そして、これを買おうと決めた段になったら、また店員がわざわざ奥へ引っ込んで、会計係がお勘定をするのよ。一歩ここへ足を踏み入れたら、買い物は一日がかりの大仕事。こういうところは呉服店の古臭いやり方を変えるつもりがないのね」

答えなくても、百合子はきっと幸恵の考えていることが手に取るようにわかるはずだ。幸恵はただ頷きながら、押し寄せてくる光の世界に目を凝らした。

繋いだ掌からは、先ほどから嫌味ばかり言い募っている百合子が、このデパートメントストアのことが好きで好きでたまらないのだということがわかる。

「あれがエスカレーターに乗るための列よ。ただ階段が動いて荷物のように上の階に運ばれていくだけだから、別に面白いものでもないんだけれど。でも、初めて乗ったらすごく楽しめるはずよ。行きましょう」

百合子が店の真ん中の大行列を指さして、幸恵の手を強く引いた。

振り返った百合子の頬は上気して、瞳は輝いている。

ふと幸恵が周囲を見回すと、デパートメントストアの中の客たちは、みんな百合子と同じように、夢の中にいるような何とも幸せそうな表情を浮かべていた。

4

空いた皿を片付けるために給仕の女が、窮屈そうに手を伸ばす。

「あ、えっと、どうもすみません」

幸恵は自分の皿の上にナイフとフォークを重ねて差し出して、幾度も頭を下げた。

百合子は給仕のことなぞまったく目に入っていないかのように、幸恵だけに顔を向け、テーブルの端に両手首を乗せてゆったりと構えている。

テーブルの上が片付けられると、白いテーブルクロスの百合子の側だけに臙脂色のソースの染みがいくつも飛んでいた。

「ずいぶん歩き回って疲れたでしょう？　コーヒーを飲んだら、本郷まで車を頼んで送って行くわ」

百合子の唇の端には、テーブルクロスの染みと同じ色のポークカツレツのソースが付いている。本人はそれに気付かずに涼しい顔で左手首の内側を覗いて、腕時計の文字盤を確かめた。

幸恵は、革バンドの腕時計というものをしている女性を初めて見た。腕時計のバンドは百合子のむっちりと太い腕にそこだけ案外細い手首が強調されて、妙に艶めいた女性らしさを感じた。

「いいえ、疲れてなんかいません。とても楽しかったです。エスカレーターに乗って、絵葉書も買って……」

しまいには、四階の食堂の明るく居心地の良い席に通されて、フリルのついたエプロンをした給仕に世話をされながら、眩暈がするほど美味しいポークカツレツを食べた。

今日一日、この身体で味わった出来事を思い出すだけで頬が熱くなった。すっかり酒に酔ったような気分だ。

東京のデパートメントストアというものが、こんなに楽しい場所だったなんて。そんなこと、今まで読んだどんな本にも書いていなかった。

幼い頃にこっそり読んだ大人の本には、女にとってこの世の春とは恋のことだと書いてあった。恋する相手と熱い言葉を交わし、秘密の逢瀬を重ね、身も心もその男の虜(とりこ)になってしまうことが、女が持ちうる最高の甘い喜びだと書いてあった。

それがどうだろう。

文房具店でたった三枚の絵葉書を買い求めただけで、この世界が眩く光り輝いて見える。このデパートメントストアに並べられた商品のように、この私に用意された未来は、色鮮やかなものをどれでも好きに選び放題だと言われているような気がしてくる。

香水の良い匂いの漂うフロアに、楽団の音楽、至るところに飾られた花。目が合うと、にっこり微笑んで丁寧にお辞儀をしてくれる美しい店員。

腹の底が震えるように心地良くて、生きる力が漲るようだ。

そこいらにいる泥臭い男の肉体なぞが、このデパートメントストアの魅力に敵うはずがない。

「喜んでもらえて私も嬉しいわ。でも、疲れていないというのは嘘ね」

百合子が身を乗り出して、幸恵の額に掌を当てた。

幸恵ははっとした。

百合子の掌がひやりとするくらい冷たい。氷枕のような気持ちがよい冷たさではなく、痛みを感じるほどに鋭い刺激だ。ふいに脇腹あたりにぞわりと寒さが広がった。

「思ったとおり、少し熱があるわ。自分では気付いていなかったでしょう」

言われてみて初めてわかる。いつの間にか、この頬の熱さも胸の高鳴りも息の熱さも、あの不穏なものを帯びていたのだ。

夢から覚めたように悲しい気持ちに襲われた幸恵の顔を見て、百合子も寂しそうに微笑んだ。

「お節介にはわけがあるの。実は四つ下の弟が、十四で亡くなったのよ。元から脚気で心臓を悪くしていたんだけれど。学校の日光旅行へ行きたくてたまらないからって、いよいよになるまで具合が悪いのを隠していたの。そのせいで手遅れになってしまったの」

百合子が首を横に振った。

「中條の家はその三年前に、四つの妹も亡くしているから。私、いつも自分より年少の人の身体が心配でならないのよ」

そんな悲劇をさらりと口にした。

「弟さんと、それに妹さんも、お亡くなりになったんですか……?」

耳を疑う気持ちで訊き返した。

子供たちはその家を照らす光だ。決して損なわれてはいけない、皆の希望だ。

高央と真志保の姿を思い浮かべる。あの子たち二人が数年のうちに相次いで亡くなるなんてことが起きたら、きっとハポ（母さん）は狂ってしまうだろう。

両親もマツも祖母のモナシノウクも、年の離れた長女の私も、自分が身代わりになれればどれだけよいだろう、と嘆き悲しむに違いない。

想像しただけで、ふくらはぎにまで固い鳥肌が立つような気がした。

「私の周りでは小さな子供が亡くなるのは少しも珍しいことじゃないわ。江戸煩(わずら)い、なんて言葉があるくらいだから。きっと東京の水には毒が混ざっているのよ」

幸恵はグラスの水を飲みかけていた手を、ぴたりと止めた。

「嘘よ。海軍軍医総監の高木兼寛(たかきかねひろ)先生が、脚気の原因はタンパク質不足のせいだと仰っていたわ。洋食とパンを食べるように心がけていれば脚気にはならない、と」

百合子は肩を竦めて笑った。

ふいに幸恵は、目の前の百合子という女が涸れぬ涙を堪えて生きていることに気付いた。

生まれも育ちも恵まれた東京の大金持ちのお嬢さま。〝貧しき人々〟を見下し、哀れんで、彼らを救うためにその身を捧げたいと誓う〝面倒くさい女〟。

そんな憎たらしさを感じるほどに傲慢(ごうまん)な女の姿が「この人は弟と幼い妹を失ったのだ」という事実によって、まったく違う色を帯びた。

北海道ではたくさんのアイヌが死ぬ。貧困と差別の中で朽ち果てるように死ぬ。

女や子供や老人は、治らない病に冒されて、強い者から暴力を受けて、心を病んで、呆気なく死ぬ。恵まれた環境で何不自由なく生きる和人を羨み、呪って恨んで死ぬ。

そして東京では和人が死ぬ。

これ以上何を満たされればよいかわからないほどの富を手にした家で、四つの幼子と十四の少年が相次いで命を落とすのだ。

「コーヒー、遅いわね。あまり長居したくないのに」

百合子は不満げに店内を見回した。

だが、手持無沙汰にしている給仕は見つからない。諦めたようにため息をついて、隣の席に置いた鞄に手を伸ばした。

「今日は、これをあなたに渡したかったの」

手のひらほどの大きさの裏返した封筒――いや違う、これは薬袋だ。

先ほどの弟妹の悲劇の話を聞いたせいで、今は前よりも素直に百合子の優しさを受け入れることができる気がした。この人は失う苦しみを知っている。ほんとうに私の身体の具合を心配してくれているのだ。

「まあ、ありがとうございます」

何の気なしに薬袋を表に向けて、えっ、と首を傾げた。

薬袋の表には額縁のように美しい緑色の葉。

《貴女の友》

中央に大きな字でそう書かれていた。

「これは、何の薬……でしょうか？」

薬屋で売っているのを見たことがない。〝貴女〟という字を使った薬の名称からすると、月経の辛さを軽減する薬だろうか。

少々明け透けな親切には思えたが、月のものの苦しみは女同士にしかわからない親密さを含む。無邪気な百合子ならば、そんな女学生のような真似をしてもおかしくはない。そうあたりをつけて少し声を潜めた。

「避妊薬よ」

思わず椅子から跳ね上がった。慌てて薬袋を裏返す。

「三月にアメリカの活動家、マーガレット・サンガー女史の講演会に特別に呼んでもらったの。素晴らしい講演だったわ。その会場で売られていたものをあるだけ買い占めてきたのよ。私の大事なお友達、みんなに差し上げなくちゃと思って」

「い、いりません、こんなもの。お返しします」

この女は頭がおかしい。

頭が真っ白になった。手が震える。

避妊薬だって？ なんて卑猥(ひわい)なものを寄越そうとするんだ。

「あら、どうして？ この薬はあなたの人生を救うものよ」

百合子は幸恵の反応をじゅうぶんに予想していた様子で、背筋を伸ばした。

「幸恵さん、ご結婚なさっているんでしょう？ あなたは夫をはるか遠くに置いたまま、ひとり東京へやってきた。あなたがやるべきことを成し遂げるために。私たち、とてもよく似ているわね」

小首を傾げて微笑む。

百合子は夫をニューヨークに置き去りにして帰国したことがあるのだろう。この女ならばそのくらい屁でもないに違いない。少しも驚かない。

「幸恵さんは東京に来る直前に仮祝言を挙げてきたと聞いて、驚いたわ。あなたの夫は、東京行きを快く応援してくれたそうね。素晴らしい男性よ。よほどあなたを愛して、あなたをひとりの人間として尊重しているのね。そんなに物分かりのよい夫は、東京にだってそうそういないわ」

「結婚よりも先に、東京行きが決まっていたというだけです」

強張った声で答えた。

たとえ似通った状況だったことがあるからといって、百合子と自分が同類のように思われるのはまっぴらだった。

百合子に村井のことを〝素晴らしい男性〟なんて言われるだけで、夫が汚れるような気がした。

「でもあなた、怖かったでしょう？」

百合子が身を乗り出して、幸恵の顔を覗き込んだ。

「何のことですか？」

初夜の話をしようというのか？　ぞっとした。

どうかやめてくれ。私はあなたとはもちろん、他の誰とだって、夫婦の閨房(けいぼう)の話をぶちまけて楽しむような品のない女ではない。

やはり今日は来るべきではなかった。

妙な負けん気と好奇心でこんなところまでのこのこ出てきた自分に、歯ぎしりしたいくらいの悔しさを感じた。

「あなた、妊娠するのが怖かったはずよ。船と列車を乗り継いでやっと東京に辿り着いたそのときに自分が妊娠していると知ったなら、きっとあなたは絶望したはずよ」

息を呑んだ。

子供ができる仕組みはもちろん知っていた。この世の大半の女は、月経が遅れることによって初めて妊娠を知る。予定通りに月経が来れば、その月は妊娠していないということだ。

五月の月経が来たのは、あの列車の長旅の最中だった。

毎月、周期にほとんど狂いがない自分の体質を知っていたので、あらかじめ手当をして待ち構えていた。

泣きたくなるほど腰が痛くて足の指先が冷え切って、胸の奥がざわざわと波立って。

慣れ親しんだ不穏な気配を感じながら、しかし、万が一にもこれが妊娠の兆候だったらどうしよう、と、列車に揺られている間じゅう、ずっと不安が拭い切れなかった。

車内の薄暗い便所で下着に血の跡を見つけたとき、安堵のあまり身体中の力が抜けた。

冗談ではなく、命拾いした、と思った。

ひとたび妊娠がわかれば、私の人生は今までとはまったく違った方向へひっくり返る。身重の身体で東京の金田一の元で勉強をするなんてことは不可能だ。これまでの人生で抱いていた目標など、すべてぶち壊しだ。

金田一にはただ事ではない多大な迷惑を掛ける。援助した東京までの旅費を、すぐに耳を揃えて返せと言われたって少しもおかしくなかった。

「幸恵さん、あなたは使命を持って生きる女性よ。その使命を成し遂げるためには、いつどんなときに子供を持つかという大事なことを男に委ねてはいけないわ。自分の身体は自分で守るべきよ」

——使命。

宗教を持たないという百合子と、キリスト教の伝道に身を捧げたバイブル・ウーマンである伯母のマツが、同じ言葉を使った。

「結婚をした以上、子供は授かりものです。もしも私が妊娠したならば、それは私がその時点で母になる運命だったということです。受け入れます。避妊薬なんて、そんな……」

顔を真っ赤にしてたどたどしく〝避妊薬〟と口にしつつ、胸の奥では冷えた声が聞こえる。

ほんとうにそうだろうか。

私の使命。

この世から今にも途絶えようとしている口承文芸のユーカラを、自分の手で書き残したい。アイヌ民族の歴史を、脈々と受け継がれてきた文化を世に知らしめたい。アイヌとして生まれてきたこの身を心から誇れるように、ほんの少しでいいからこの世界を変えたい。

私の使命。

モナシノウクのユーカラに耳を澄ませた子供時代。モナシノウクの膝の上で「お前は何でもすぐに覚えてしまうね。こんなに賢い子は見たことがない」と褒めちぎられると、囲炉裏の炎に身体が溶けてしまいそうなほど嬉しかった。

旭川高等女学校の不合格通知を受け取った夜の絶望。いやな咳を堪えながら、毎日、二時間もかけて雪や風の中を歩いて通った旭川女子職業学校。マツから、アイヌであるからこそ常に成績では一番を取らないといけないと言われ続けて、あまりにも過酷な生活に、反発したこともあった。

私の使命。

私の人生を貫いた学び。壮大な目標。私という人間が生まれてきた使命だと信じていたこと。

それはすべて村井という男が気持ちよく精を放ったそのときに、幻のように消え去ってしまうものなのだろうか。

「避妊薬を使うのなんて、男の性を手玉に取るあばずれの商売女のすること。そんなふうに思いたい気持ちはよくわかるわ。でもね、静江さんをご覧なさいよ」

「奥さま……ですか？」

金田一の妻の静江の話が、どうしてここで唐突に出てくるのだ。

眉を顰めた。

これはきっと、聞いてはいけない話だ。

駄目だ、いけない、と胸の中で叫んでいるのに、身体が勝手に動く。

幸恵は百合子を見据えると、静かに頷いて先を促した。

「私は静江さんのことを、不幸で気の毒な方だと思っているわ。何とかして彼女のような人の悲しみに手を差し伸べたい。苦しみから救い出したいの」

百合子は幸恵の困惑した顔にちらりと目を向けると、

「私がこう言っていただなんて、口が裂けても静江さんに話しては駄目よ。きっと刺し殺されるわ」

百合子は人差し指を唇に当てて、そこで初めて周囲の人の耳を意識したように店内を慎重に見回した。

第七章 おとめ

1

七月に入ってすぐに、東京の長い梅雨が明けた。

どこまでも晴れ渡る青い空に、照り付ける太陽。春彦は仔犬のように燥ぎまわり、静江の顔色も良い。若葉を背負った菊も、家事に駆け回りながらまるで体操をしているかのように晴れ晴れとした顔をしている。

最初のうちは、幸恵も皆と一緒に華やいだ気持ちで過ごした。久しぶりの晴天に、節々に溜まった鈍い痛みが溶けてゆくような気がした。

しかしすぐに、これはいけないとわかった。

東京の夏は北海道とは比べものにならないくらい暑い。それに加えて重苦しい湿気が身体に纏(まと)わりつく。少し歩くだけで、額に汗が滲む。冷たい汗だ。息が苦しくて胸のあたりが刺すように痛む。前にも増して海老のように背を丸めて身体を守った。

朝から激しい雨が降り注ぐ日だった。まるで梅雨に逆戻りしてしまったかのように寒々しく、屋根に打ち付ける雨の音が周囲の喧騒を消し去る。

幸恵は目が覚めたそのときに、自分の身体を取り巻く世界の優しさにほっと胸を撫で下ろした。今日一日は何事もなく生き延びることができるとわかると、涙が浮かびそうなくらい安心した。

雨模様に浮かない顔をした皆の代わりに、普段は止められている台所仕事にも立った。春彦に雨合羽を着せて学校に送り出して、静江には菜箸でわざと茶柱を立てたお茶を淹れてやって。

ところで今日は金田一先生の学校のお仕事はお休みなのかしらん、なんて思いながらそろそろ若葉のおむつを替えてやろうとしていると、玄関先に大きな鞄を抱えた男が訪れた。

なんだ、お客さまの日だったのね。

金田一は今朝そんなことは一言も言っていなかったが、これはいつものことだ。

「ああ、もうっ、旦那さまったら！　せっかくお茶の支度を片付けたところなのに、また一からやり直しね」

険しい顔で小声の文句を言う菊を尻目に、慌てて若葉を抱いて春彦の部屋に駆け込んだ。

「あらあら、お尻がこんなに冷たくなって。寒いわね。ごめんんね」

夏の雨のように温かいはずのおしっこが、氷水のように冷たくなっていた。そういえば若葉は朝からずっとぐずぐずとむずかっていた。よほど気持ち悪かったに違いない。

「ションタク、ションタク」

アイヌ語であやしてから、いけない、と周囲を見回す。

金田一の姿は見えなくてほっとする。

ションタク、とはアイヌ語で〝糞のかたまり〟という意味だ。

病や死に嫌がられるように、という想いを込めて、アイヌは大事な子供にションタクや、〝爺さんの尻の穴〟を意味するエカシオトンプイなんて名をつける。

ほっぺたをつついたりいないいないばあをしたりして機嫌を取りながら、手早く若葉のおむつを替えていると、子供部屋の襖が開いた。

「幸恵さん、今いらしたのは『炉辺叢書(ろへんそうしょ)』を出版する郷土研究社の岡村千秋(おかむらちあき)くんです。幸恵さんの『アイヌ神謡集』の原稿をご覧になって、これからあなたの写真を撮りたい、と仰っています」

金田一が汚れたおむつやらお尻を拭いた手拭いやらの山に目を向けて、おどけて鼻をつまんだ。

「私の写真、ですって？　今日、今すぐにですか？」

思わず頬に手をやった。

写真を撮る機会なんて、一生のうちにそうそう何度もあることではない。普通は人生の大きな節目のときだけだ。

この日に写真を撮る、となったら、誰もが撮影のために着物を新調して髪を整えて化粧をあれこれ試してみて、ずっと前から準備をするものだ。

それがいきなり、これからあなたの写真を撮りたい、だなんて。あまりにも急すぎる。

「ええ、『アイヌ神謡集』の出版のあかつきには、きっとこの本は大評判になります。皆があなたのことを知りたがり、あなたは大スターとなるでしょう」

金田一の言葉はまるで夢のような良い話のはずだ。だがあまりにも突拍子もないことに聞こえて、頭の中で意味を結ばない。

それよりも、写真、写真、と気持ちが焦る。

「『女学世界』という雑誌でも、〝アイヌの才女〟としてあなたのことを特集したいとの打診がありましたよ。もちろん私も寄稿させていただきます。これはすごいことです。もしかしたら幸恵さんはこれを機に、白蓮女史や百合子女史のような、女性文人たちの仲間入りを果たすかもしれません」

「ちょ、ちょっとお待ちください。まずは、先日お渡しした私の原稿はあれでよろしかったということですか？」

どんどん大袈裟になってゆく話を思わず遮った。

「えっ？　ええ、もちろんですとも」

金田一がきょとんとした顔をした。

『アイヌ神謡集』の第一稿と呼べるものが最後まで書き上がったのは、十日ほど前のことだった。

「ひとまず最後まで書いてみました。まだまだ細部は、確かではないところがあるので直しが必要ですが」

そう言ってノートを渡すと、金田一は当初の予定よりも大幅に早く進んだ、と大いに喜んだ。

「後でじっくり読んで、いくつも質問をさせていただきますね」という言葉に、いつ読み終わるのかと待ち構えていた。もっとこうしたほうがよかったかもしれない、あのあたりがわかりづらかっただろうか、なんて、日に幾度も思い返していた。

だが、幸恵がそんなもどかしい時を過ごしている間に、『アイヌ神謡集』の原稿はとっくに出版社の編集者に渡っていたということなのだ。

本を出すことができる。

素晴らしいことだ。

ほんとうに自分の名を記した『アイヌ神謡集』が出版されるのだろうか、と半信半疑だった幸恵にとっては、夢が叶った瞬間だ。

だが、なぜか少しも嬉しくない。功成り名遂げることができたという自負も、アイヌの歴史に残る偉大な仕事を成し遂げたという、溢れるような誇らしさもない。

私の写真を撮る、なんて降って湧いた話のせいだ。

「岡村くんは、アイヌの物語の美しさ、そしてとりわけ幸恵さんの日本語の表現力を高く評価していらっしゃいます。さあさあ、急いでくださいな。ほんの今だけ、嘘のように雨が止んだのです」

金田一に追い立てられて、慌てて廊下を進んだ。

茶の間に出ると、金田一と同じ丸眼鏡をかけ、柄物の背広に蝶ネクタイを締めた、いかにも出版社の人間らしいハイカラな身なりの男が庭に立っていた。

振り返ったその手には、写真館にあるものと同じ大きなカメラを抱えている。

「やあ、幸恵さん、よろしく。そこの木の脇に立ってみてよ」

岡村は気さくな調子で声を掛けると、雨で濡れた細い庭木を指さした。

「あ、あのう、少しお支度をする時間を……」

素早く目頭を拭って、乱れた髪に手をやった。

「ああ、ダメダメ。お嬢さんのお支度を待つ暇はないよ。こんな大雨の日のせっかくの晴れ間なんだ。向こうの空が真っ黒になっているのがわかるでしょう？　あれがやって来る前に、すべて済ませなくちゃいけない」

岡村は苦笑して、カメラを構えた。

「そうそう、幸恵さん、我儘はいけませんよ。あなたはそのままでも、じゅうぶんにお綺麗です」

振り返ると、金田一が岡村と同じような顔で笑っていた。

その金田一の顔がふいに強張った。

「こんにちは。いらっしゃいませ」

ふらつく足取りで茶の間に入ってきたのは静江だった。

客人の岡村にだけ作り笑いの顔を向けて、金田一のことはまるでそこにいないかのように振舞う。雨なので顔色は青白く瞼が腫れて物憂げで、どこか苛立ちを湛えた危うい表情だ。

「やあ、奥さん。朝から騒々しくしてすみませんね。今から撮影です。どうぞ見物していらしてくださいな」

客人の岡村には、静江はただの大人しい控えめな女に見えるのだろう。屈託ない様子で静江に話しかける声色に、幸恵はひやりとした。

「お邪魔でなければ」

静江は声だけ明るく答えると、眉間に皺を寄せて茶の間の隅に腰を落とした。

そのへんに転がされてはいはいをしていた若葉を、幽霊が子供をさらうようにひょいと背後から抱き上げる。

「さ、さ、幸恵さん。早く早く。雨が戻ってきて撮影が台無しになってしまったら、あなたのせいですよ。恥ずかしがっている場合じゃありません」

岡村の冗談めかした口調に棘を感じる。ほんとうにシャッターチャンスは今しかないと焦っているのだろう。

慌てて庭に降りた。そのへんの木の雨垂れで手を濡らして、どうにかこうにか髪を撫でつける。

「はい、そこに立って。顔をこちらに向けて。笑って。いや、顔が固いな。もっと笑って。姿勢が悪いな。もっと胸を張って。えっと、これは記念写真じゃないんですよ。物書きとしての幸恵さんのイメージを決める大事な写真なんです。女優のブロマイドを思い出してみてくださいよ。あんな調子で華やかにお願いします」

嬉しくもないのに笑えるはずがない。誇らしくもないのに胸を張れるはずがない。

帯の真ん中あたりに春彦が朝食をこぼした染みに気付き、幸恵は慌ててそこを隠すように手を重ねた。

胸の中に悔しさが広がる。

静江がくれた白衣単衣。百合子と出かけたときに着た一張羅の銘仙。せめてどちらかの華やかな着物で写りたかった。

せっかくの写真を撮る機会。『アイヌ神謡集』の作者としての私。女性文人としての私。あらかじめ伝えてくれていたならば、どんな着物を着るかじっくり悩んで、鏡に向かって顔を作ってみたりして、どれほど胸の躍る出来事となっただろう。

小刻みなシャッター音が響く。

泣き出しそうな気持ちで、頰を引き攣らせて笑みのようなものを浮かべた。

背筋が冷えて二の腕が粟立つ。

ふいに、岡村という男は撮影の間じゅう、カメラ越しに自分のことをじっと見つめているのだと気付く。

当たり前だ。写真を撮るというのはそういうことだ。

だが急に胸が苦しくなった。

咄嗟に静江に目を向けた。

静江は茶の間の奥の暗がりで、さほど興味がなさそうな濁った眼をしてぼんやりしている。

目の前が歪んだ。

殴られたように鼻の奥が痺れる。

いけない、と思う間もなく、猛烈な吐き気に襲われた。

その場でしゃがみ込む。喉元が痙攣するように震えた。

「えっ？　幸恵さん？　わわっ、たいへんだ！」

最初の一瞬だけ苛立ちを含んだ岡村の声色が、本気で動揺しているものに変わった。

「奥さん、手拭いを！　こりゃ、着物が台無しだ。緊張させすぎてしまったようですね」

「これはこれは、申し訳ありません。撮影のほうは平気ですか？」

　金田一の困惑した声。

「ええ、これまでに撮ったものでじゅうぶんです。良い写真が撮れましたよ」

「ならば、よかった。さ、幸恵さん、奥で休んでいらっしゃいな。お菊さん、布団をお願いします。それと庭の片付けも」

「すみません、すみません、申し訳ありません……」

　か細い声で呟きながら、汚れた口元を手の甲で拭いた。

　着物の前半分が吐物(とぶつ)でひどく汚れていた。嫌な匂いが漂う。立ち上がろうとしても膝から力が抜け落ちるようだ。

　尻もちを搗(つ)いてしまったら、そのまま後ろに引っ繰り返って意識を失ってしまうかもしれない。砂利に手を突いて四つん這いのようになって、膝から身体を起こそうと試みる。男たちは二人とも手を貸そうとはしない。

　幾度か大きく深呼吸をして、どうにかこうにかふらつきながら立ち上がる。太陽をまともに見てしまったときのような緑色の泡が、視界の一面に見え隠れした。

　若葉を抱き締めた静江が、庭の大騒ぎを寂しそうな顔で眺めていた。

2

「お医者さまを呼んだわ。私の頭の主治医をしてくださっている前島先生よ。ご自身の診療所では内科も診られると仰っていたから、きっとよく効く薬をいただけるわ」

枕元で静江が囁いた。おやっと顔を上げたくなるような落ち着いた声だった。

「平気です。少し休めばよくなります」

答えると同時に酷く咳き込んだ。

込み上げてくるものに、幸恵は跳ねるように身体を起こした。

と、待ち構えていたように素早く金だらいが差し出された。躊躇する余裕もなく、身体を波打たせながら鈍く輝く金だらいの中に血の混じった胃液を吐き出した。

身体中の血が顔に集まるような苦しさの中で喘ぐ幸恵の背中を、静江が円を描くように撫でた。

「もう平気？　吐いたものが喉に詰まっていたりはしない？」

静江は幸恵の口の周りを濡らした手拭いで手際よく拭く。

「ごめんなさい、汚いものを……」

「いいのよ。さあ、口をゆすぎましょう。胃液は喉が荒れるから、必ず最後にお水を飲み干してちょうだいね」

グラスに入った水を差し出す静江は、普段の不穏な姿からは想像できないほど俊敏で頼もしい。

静江は幸恵の一挙一動に小さく頷きながら、幸恵がグラスの水を飲み干すのを真剣に見届けた。

静江のぎこちない優しさの中に、懐かしいマツの温もりを感じた。

ふいに胸の中に甘いものが疼く。

マツの心には常にキリスト教があった。職業婦人であるバイブル・ウーマンとしての誇りがあった。そしてアイヌの女として生きることへの深い苦悩があった。

マツはその人生で夫を支えて子供を産み育て、家庭を切り盛りすることはなかった。二目と見られぬ不器量というわけでもなければ、家庭を持つことができない深い事情があったわけでもない。あるときにマツは人生の中で、そうしないと自分で決めたのだ。

養子として呼び寄せた幼い幸恵を前にして、マツは心ここにあらずの難しい顔をしていたことが幾度もあった。そんなときにマツに声を掛けると、子供心にも作り物とわかる笑顔であしらうように応じられて、ひどく胸の中がざわついた。

私はお母さまの人生にとって邪魔者なのではないか、と悲しくなった。登別の生みの母親が恋しくて、生まれ故郷に戻りたいと願ったこともあった。

だがお母さまは私を愛していた。

それをはっきりと知ることができたのは、この身体のおかげだ。この弱くてすぐに駄目になる身体のおかげで、私は年に数度、お母さまの中に根差す愛を存分に感じることができた。

マツは幸恵が身体を壊して寝込んでいると、どんな大事な用事でも放り出して、一晩中側にいてくれた。聖書の物語を聞かせてくれたり、ユーカラを謡ってくれたり。ときには幸恵の実母のナミの幼い頃の話などを面白おかしく聞かせてくれて、二人で顔を見合わせて笑った。幸恵の身体を幸恵本人よりももっと気遣い、もっと心配しているマツの姿は幸せな思い出だった。

こんな時がずっと続けば良いのに。私の身体がずっと治らなければ良いのに。そうすれば、お母さまはずっととろけるように優しくて、私のことだけを見てくれるのだ。

髪を撫でる掌の温もりを感じた。

静江がレースのハンカチで幸恵の額の汗を拭った。甘い匂いがした。

「ゆっくりお休みなさいね。しばらくここにいてあげるから」

静江の優しい言葉に、張り詰めていた糸がぷつりと切れた。

奥歯を噛み締めた。嗚咽（おえつ）が漏れた。

涙が後から後から流れ出す。

「苦しかったわね。私たち、あなたに無理をさせすぎてしまったわ」

大きく首を横に振る。東京へ来たのは私の望みだ。ユーカラを書くのも私の望みだ。すべて私の望みどおりにしてきただけなのだ。

けれども涙がもっと溢れて、再び激しく咳き込んでしまう。

静江が幸恵の背をそっと撫でる。幸恵は静江の胸に額を押し付けてむせび泣いた。

静江の身体に身を預けると、細い身体が幸恵の重みに驚いたように揺れた。

折れてしまいそうに華奢な身体だ。この薄い身体のいったいどこで、幾人もの赤ん坊が育ったのだろう。

静江に抱かれているうちに、少しずつ心が落ち着いてくる。

熱い涙を流したせいで身体が冷えて、ぼんやりしていた頭が少しずつ現実の像を結ぶ。

「おかしなことを、すみません」

洟を啜りながら照れ笑いを浮かべて、静江から身を離した。

「いいのよ。おかしなことが起きているときは、おかしくなるのが当たり前でしょう？」

静江はどこか冗談めかして言った。

おかしなことが起きているときは、おかしくなるのが当たり前――。

ふいに、三越の食堂で百合子から聞いた話が蘇った。

奥さま、百合子さんの言ったことはほんとうですか？

口に出さずに静江の顔をじっと見つめた。

奥さまはこれまでに三人の赤ちゃんを、みんな亡くしてしまったって。

「なあに？　私の顔に何かついているかしら？」

静江が母の顔でゆったりと笑った。

春彦ぼっちゃんのお姉ちゃんと、妹と、そのまた妹になるはずだった赤ちゃん。

特に下の二人の妹のときは、赤ちゃんが死んだその年のうちにまたお腹に子供ができて、そして生まれた子はまたすぐに亡くなった。

奥さまはたった二年間のうちに、二人の赤ちゃんを産み落とした。そしてその赤ちゃんが死ぬたびに、小さな軀を抱えて隣町まで聞こえ渡るような声で吠え、泣き叫んだのだと。

そして――。

静江を見据えたまま、喉を鳴らして唾を呑んだ。

どの子が死んだときも、先生は北海道のアイヌのところへ研究に出たまま家には戻らなかった。百合子さんはそう言っていました。

――お前は人殺しだ！　金田一京助は人殺しだ！

静江の我を失った喚き声が、黒い染みのように胸に広がった。

「そうだ、いただきものの金平糖があったはずよ。あれならばお口の中で溶けるから、胃に負担がかからないかしら。お菊さんにどこへしまったのか聞いてみるわね」

静江が、変な人、というようにくすっと笑うと、腰を浮かせた。

そんなの嘘ですよね。

そんな恐ろしいこと。そんな残酷なこと。そんな悲しいことが奥さまの身に起きたなんて。私には信じられません。

奥さまは偉い大学の先生の奥方さまで、鬱々とした心を持て余しながら好き放題暮らす、憎めない我儘娘のようなお方。そうですよね？　そうでなくちゃいけません。

「後で買い物に出ようと思っているの。何か食べられるものはあるかしら？　ビスケットはどう？　そうだわ、元町の不二家まで遠出してシュークリームやエクレアを包んでもらってもいいのよ？」

ビスケット、シュークリーム、エクレア。

静江がお菓子の名前を歌うように言った。

どれもバターと牛乳をたっぷり使ったお菓子だと聞いたことがある。聞いただけで胃が縮み上がりそうだった。

だが心とまったく逆のことを言った。

「……シュークリーム、ずっと食べてみたかったんです」

静江の母親らしい笑顔を、もう一度見たかったからだ。

3

《愛する御父様、御母様。お手紙を頂戴いたしました》

そこまで書いたところで咳き込んだ。紙の上に唾液の飛沫(しぶき)が勢いよく飛び散った。

ああ汚い。嫌だ、嫌だ。

幸恵は書きかけの手紙を勢いよく握り潰した。

幾日も湯を浴びていない、べたついた髪のおくれ毛を乱暴に耳に掛けた。口の中が乾いて歯がざらついていた。

病とは汚いものだ。生きながらにして身体が腐ってゆくのだから。健康ではない身体はどこもかしこも黒ずんで汚れていて、嫌な匂いを放つ。不潔な自分の身体に苛立つ。この身体ごとどこかに放り出したくなる。

でも私は早くこの手紙を書かなくてはいけない。悲しみに沈んだアイヌの仲間たちに宛てた、心を込めた手紙を書かなくてはいけないのだ。

机の上の葉書をもう一度手に取った。

《旭川のやす子さんが、とうとう亡くなりました》

そこだけ赤字で書かれたように浮き上がって見えた。

やす子は幸恵よりもいくつか年下の旭川のアイヌコタン（集落）の少女だ。両親はキリスト教の信者ではなかったが、いよいよ生活に困ると、家族揃ってマツの教会へ食べ物を分けてもらいにやってきた。

幸恵のことを幸恵カカポ（お姉ちゃん）、と呼んでよく懐いていて、勉強を教えてやると誰よりも早く理解して得意げにしている、利発な子だった。

十をいくつか過ぎて、最近あの一家は顔を見せないと思っていたら、女衒に売られて和人の街で働き始めたと噂を聞いた。言葉を失った。

いくら貧しくとも、親や夫、嫁いだ家の言いなりにならなくてはいけないとしても、一生アイヌコタンの中で暮らすことができる女はまだ幸せだ。

アイヌの女が和人の男を相手に身を売ることになったら、それはこの世の地獄を意味する。

幸恵はマツと共に毎晩やす子のために祈り、やす子を想って泣いた。

一年ほどで急に旭川に送り返されたときには、やす子の腰から下は腐ったようになっていた。下腹は蛙のように膨れて赤紫色の斑点が膝のあたりまで広がり、性器から垂れ流される膿は、道ですれ違った人が振り返るほどの悪臭を放った。

性病に加えて幾度も赤ん坊を堕ろしたせいで、子宮の壁が爛れて千切れてしまったと聞いた。

最後に会ったやす子は、散歩と呼ぶのか徘徊と呼ぶのか、老婆のようにふらつく足取りで同じところをぐるぐると歩き回りながら「ねえ、幸恵カカポ。私、薬なんて飲まないよ」と、うつろな目で笑っていた。

「だってこの病気が治ったら、また和人の相手をさせられるんだよ。私はこのまま死ぬんだ。今、死んでおいたら、これから先の悲しいことはなくなるよ。きっとそっちが幸せだよ」

そんな悲しいことを言わないで、と窘めながら、幸恵は死体のような腐臭に顔を歪めないように必死で耐えた。

「やす子さん、どうぞ安らかにお眠りください」

葉書に向かって両手を合わせる。天にまします我らの父よ。主の祈りを唱え始める。願わくはみ名の尊まれんことを。み国の来たらんことを。み旨（むね）の天に――。

悪臭が漂う。やす子の性器から。腐った身体から。いや違う。これは私の口腔から放たれる重い病の臭いだ。

幸恵は勢いよく身を震わせた。

やめた。馬鹿らしい。お祈りの言葉なんて糞喰らえだ。

握りこぶしを机の上に力いっぱい打ち付けた。

大きな音がした。庭でカラスが慌てて飛び去る羽音が聞こえた。

畜生。悔しい。呪わしい。

奥歯を力いっぱい噛み締めた。

北海道の私のアイヌの同胞たち。アイヌウタラ、アウタリウタラ！　和人の悪魔の慰み者となって殺された、愛おしい妹。

彼らを呼ぶとき、幸恵の心の中ではチセ（アイヌ住宅）の囲炉裏で夜通し囲む炎が爆ぜる。どうしてこの世はこんなに呪わしい。どうしてこの世はこんなにも凶報で溢れている。どうして私たちアイヌはこれほどの悲しみに襲われる。なぜ、これほどの憎しみを抱えて生きなくてはいけないのだ。

ただ静かに暮らしたい。誰にも憎まれずに、誰にも傷つけられずに、誰にも蔑まれずに。目の前の美しい自然に目を凝らし、耳を澄まして、愛する者と労わり合って暮らしたい。フチ（おばあちゃん）と二人きりで過ごしたあのヲカシベツの山小屋の暮らしのように。ただ生きることだけを求めて。ただ笑うことだけを求めて。長く健やかに生きることだけを求めて。

和人を憎むことができればどれほど良いだろう。この世のすべての悪が和人によるものだと思い込むことができるならば。

だが私は知ってしまっている。この世の苦しみ、身を裂かれるような哀しみは、アイヌにも和人にも均等に訪れるのだと。アイヌの世界でも和人の世界でも、決まって弱い者は虐げられ苦しめられて、絶望の中で死ぬのだと。

ならば私が呪うべきなのはこの世そのものだ。私という者の命だ。私はこの世で生きるのが苦しい。泣くことが苦しい。悲しむことが苦しい。呪うことが苦しい。もう消えてしまいたい。


幸恵は机に突っ伏して、幾度も拳で机の上を叩いた。

ふいに足元に置いた、細々した筆記用具を入れた布袋の中身を思い出す。

何かに取り憑かれたように呆然として、肩で息をしながら身体を起こした。

《貴女の友》

百合子からもらった避妊のための薬の紙袋。

万が一にもこの家の人に見つかってはいけないと、布袋の奥底にしまいこんでいた。

手に取ってじっと見つめる。

「使い方を説明しておくわね。事後に体内に錠剤を入れるの。なるべく奥までね。そうするとキニーネ塩の効能が精子を殺してくれるのよ」

精子を殺してくれるのよ。

百合子はまるで害虫か何かを退治する方法を話すかのように、爽快な顔で言った。

幸恵の胸にも薄荷(はっか)のように冷たく鋭い風が通り抜ける。その風はあまりにも冷たくて、微熱の残った幸恵の身体に刺すような痛みをもたらす。

身体の弱い母親の身体に続々と宿る短命の赤ん坊。売られた少女の子宮を千切り取りながら外に出された胎児。

そして私の子。

東京へ向かう列車の中で、万が一私の身体に宿っていたとしたら、人生をぶち壊しにする邪魔者となっていたはずの幻の子――。

百合子の言うとおりだ。この薬は私たち女の友だ。

友達の身体の具合を気遣い、優しく看病をして心から幸せを祈り、本物の涙を流す。時にぎょっとするくらい明け透けで、独りよがりなお喋りをしてみたり。けれども淑女らしく振舞えだなんて、道徳に沿っているかどうかなんて、そんなつまらない説教をしたりはしない。

ただ相手の心に寄り添い、友を傷つけようとする運命に全身全霊で立ち向かおうとする、女友達の深い愛情そのものだ。

貴女の友。

紙袋の文字をそっと撫でた。

やす子の顔。百合子の顔。静江の顔。

驚くことに、浮かぶ顔はそれだけではない。

菊や、旭川のアイヌコタンの娘たち、旭川女子職業学校で幸恵に子供じみた意地悪をしてきた和人の同級生たち。幸恵が不合格になった旭川高等女学校に平然と通う、取り澄ました和人の良家の子女たち。実母のナミ。養母のマツ。祖母のモナシノウク。

紙袋に書かれた文字を見つめていると、幸恵がこれまでの人生で出会ったすべての女たちの寂し気な笑顔が浮かんだ。

4

その大きな封筒が届いたのは、休みの朝だった。

前の日に違う住所に間違って配達されていたものを、近所の人が受取人の名を見て朝早くに届けに来てくれたのだ。

「わあ、幸恵さん、ご覧なさいな！ なんて素敵なんでしょう！」

いそいそと封を開けた金田一は、小躍りして声を上げた。

差出人は岡村千秋。金田一が示すのは幸恵の写真と、雑誌の頁割を示したものだ。

岡村の言っていた『女学世界』の特集の校正刷りが出来上がったのだ。

「素直な魂を護って清い涙ぐましい祈りの生活、アイヌ種族の存在を永遠に記念するため一管の筆に伝え残そうと決心した知里幸恵女(じょ)」

金田一が恍惚とした表情を浮かべて読み上げた。

「幸恵さんのお写真？ 僕にも、見せて、見せて！」

春彦が身を乗り出すと、金田一はまるでふざけ合う子供同士のように、「駄目、駄目」と写真の載った頁を胸に隠してみせた。

「まず先に、ご本人に見ていただかなくてはいけませんよ。さあ、どうぞ」

金田一がまとわりつく春彦を押し遣りながら、紙の束を幸恵に手渡した。

幸恵の写真が大きく載っていた。

控えめにはにかんだ自分の姿は、思っていたほど悪くはなかった。

やはり写真とはすごいものだ。鏡で目にする自分よりも格段に顔立ちが整って見える。白黒写真のせいで顔色の悪さも目立たない。雑誌に印刷するための写真なので、着物の柄も不鮮明だ。一見しただけでは普段着か一張羅かなんてわからない。

《信者の子と生れて信者の家庭に育ち、父祖伝来の信仰深い種族的情操をこれによって純化し、深化し、ここに美しい信仰の実を結び、全同胞の上に振りかかる逆運と、目に余る不幸の中に素直な魂を護って清い涙ぐましい祈りの生活をつづけて廿年になりました》

写真の横には、金田一の紹介文が綴られていた。

《凡てを有りの儘に肯定して一切を神様にお任せした幸恵さんも、さすがに幾千年の伝統をもつ美しい父祖のことばと伝とを、このまま泯滅に委することは忍びがたい哀苦となったのです。か弱い婦女子の一生を捧げて過去幾百千万の同族をはぐくんだ此の言葉と伝説とを——》

あまりにも大仰な紹介文だ。幸恵は思わず笑い出しそうになった。

この文章を読んでいると、まるで自分がひとかどの人物になったような気がしてくる。

《一管の筆に危く伝え残して種族の存在を永遠に記念しようと決心した乙女心こそ美しくもけ

なげなものではありませんか》

こんな美辞麗句で褒めそやされるなんて夢のようだ。眩暈がする。

美しくもけなげなもの。

それが私のことだなんて。

これまでの人生で「美しい」と言われたことは一度たりともなかった。想いを伝え合った頃の村井でさえ、彼が称えたのは幸恵の聡明さとその真心だった。

私の姿が雑誌に載って日本中に広がっていく。マツは、モナシノウクは、登別の両親はどれほど喜ぶだろう。弟たちはどれほど姉を誇りに思ってくれるだろう。

《アイヌ神謡集は幸恵さんのほんの第一集に過ぎません。今後ともたとい家庭の人となっても、生涯の事業として命のかぎりこの仕事を続けてゆくと云って居られます》

そうか、そうだったのか。私はそうやって生きる定めの者だったのか。

燥いだ頭の中で、熱に浮かされたように呟く。

金田一の言葉ひとつで、重い扉が目の前で開かれたような気がした。

私は差別と迫害の中で絶滅しようとしているアイヌの存在を永遠に記念すると決意した、美しくけなげな乙女だ。こうしてユーカラを書き記すという私の行動は、私が生まれてきた使命そのものなのだ。

「早速、岡村くんにお礼の電話をしなくちゃいけません。校正刷りがもう届いているはずだがと、心配しているに違いありませんからね。ちょっと出て参りますよ。すぐに戻りますからね」

　金田一が飛び出していった。

　後に残った春彦は、幸恵の写真を覗き込んでいかにも嬉しそうに「きれい、きれい」と明るい声を上げている。

「何が書いてあるの？」

　春彦が記事を指さした。

「金田一先生が、私のことを書いてくださっているんです」

　有難くて涙が出そうだった。これまでの苦労はすべて報われた。

「じゃあ、ここは？」

　春彦の指先が、余白を差した。

「ええっと、きっと、誰か他の方の文章が載るんでしょう。先生のお友達のアイヌの研究をなさっている方だと思いますが……」

　その誰かもまた、私の〝偉業〟を褒め称えてくれるのだ。なんという幸せだろう。胸が躍った。

「ねえっ！　幸恵さん、いる？」

　ふいに庭先で大声が響き渡った。

「へっ？」

怪訝な顔をした春彦が振り返る。

「幸恵さん！　あなた、『女学世界』に出るのね？　どうして、私に一言相談してくれなかったの？」

不躾に縁側から上がってきたのは百合子だ。どうして玄関口ではなくわざわざ庭に回り込んだのだろう。百合子の考えていることはさっぱりわからない。黒いハイヒールの足元に蜘蛛の巣と枯れ葉が引っかかっていた。

百合子の鼻の穴は広がって口元はへの字に曲がっている。怒っているのだ。

「えっと、ついこの間の話です。とても急なことでした。百合子さんと会った後に初めていただいたお話で……」

挨拶もそこそこに、なぜか言い訳じみたことを言ってしまう。

「『女学世界』とは、付き合いが長いのよ。ずいぶん前に、私の北海道アイヌ紀行の原稿を載せてくれたことがあるの。この企画を仲介したのは、きっと郷土研究社ね。当ててあげましょうか？　岡村でしょう？」

百合子は、春彦への子供向けの挨拶なぞ一切頓着せずに捲(まく)し立てた。

無視されていることに気付いた春彦は、引き攣った照れ笑いを浮かべたかと思うと、急に「うわーい」と子供じみた声を上げて、一目散に部屋から駆けて行ってしまった。

「図星ね？　岡村千秋。私、あいつは好かないわ。少しでも気を抜くと、私の原稿を勝手に甘ったるく書き換えようとするのよ。本人は、良かれと思って親切でやっているから余計始末に負えないの」

百合子が煙草を咥えて、マッチで火を点けた。

「こんなのってないわ。馬鹿にしている。あなた、腹が立たないの？」

百合子は幸恵が手にした紙の束を目にして、「私はこんなひどい記事に絶対に寄稿なんてしないわ。先日電話で、きっぱり断ってやったところよ」と、余白を指さした。

「腹が立つってどういうことでしょう？」

膨れ上がっていた風船が急速に萎んでゆくような気持ちで、幸恵は訊いた。

「見世物だわ」

百合子は吐き捨てた。

ぎくりと胸が震える。

百合子はアイヌについて学んでいたと聞く。ならば〝見世物〟という言葉を投げかけることで、私がどんな痛みを感じるかを知っているはずだ。

「北海道の未開の奥地からわざわざ東京へやってきた、滅びゆくユーカラを記すアイヌのおとめ。あなたはそう称されているのよ？」

それの何がいけないのだろうか。百合子の言葉は、今の私の姿そのものではないか。

幸恵は眉に力を込めて、百合子を見つめた。

「しっかりしてちょうだいよ。あなた、とっくに人妻なんでしょう？ 男を知っているんでしょう？ 〝おとめ〟なんてロマンチックに呼び表されて、生娘だと勘違いされるのが嬉しいっていうの？」

おとめ。

《一管の筆に危く伝え残して種族の存在を永遠に記念しようと決心した乙女心こそ美しくもけなげなものではありませんか》

乙女とは男を知らない無垢な少女を言い表す言葉だ。

幸恵も読んでいて確かに僅かな引っかかりを感じた。だが、その後に幸恵が〝家庭の人〟となるともちゃんと書いてある。相手は大学の先生だ。こんな言葉の使い方もあるのかもしれないと、燥ぐ気持ちの中ですんなりと流してしまった。

そのたった一言を取り上げて、百合子が怒り狂うほど大きなこととは到底思えない。

「お言葉に気を付けてくださいな。奥さまがお休み中です。それに、春彦ぼっちゃんに聞こえたらたいへんです」

ようやくわかってきた。明け透けすぎることを言い放つことで相手の頭を真っ白にしてしまうのが、百合子の手だ。

いついかなるときも、誰かから面と向かって罵倒されたり石を投げられたりなぞしないと信じて生きてきた人らしい、子供じみたやり方だ。

振り回されたら負けだ。幸恵はわざと涼しい顔をして、窘めるように小さく首を横に振った。

「金田一先生の紹介文は、あなたと、そしてあなたのアイヌの夫に対する冒瀆だわ」

百合子が村井を〝アイヌの夫〟と呼んだことに、無性に苛立ちが込み上げる。

幸恵は眉間に皺を寄せた。

「そんな大仰なことじゃありませんよ。先生はただ、私のような者を、無理に褒めそやそうとしてくださっただけです」

へりくだった体を装いながらも、きっぱりと撥ね退けた。

「人妻を生娘と言い表すのが、褒めそやすことになるっていうの？」

「ですから先生は、後に、《今後ともたとい家庭の人となっても》と、書いてくださっていますよ」

幸恵は眉を下げて、校正刷りのその部分を指さした。

そんな幸恵の様子に、百合子が鼻の穴を大きくして怒りの溜息をついた。

「《今後ともたとい》じゃないわ。今このとき、あなたはもう彼のいうところの《家庭の人》のはずよ。その順番を違えて書いたのは、わざとだわ」

「どうして、そんな小さいことに拘るんですか？　百合子さんには関係のないことでしょう？

放っておいてくださいな」

百合子の剣幕に釣られて、ついに幸恵は苛立ちを隠さず応じた。

あなたに何がわかるんだ。幼い頃から蝶よ花よと可愛がられて育った百合子。人生で初めて「美しい」と言われて天にも昇るような心地になった私の気持ちは、あなたにはわからない。

「小さいことではないからよ。あなたは、これから《家庭の人》となってしまう貴重な乙女。男に踏み荒らされて滅びゆくことが決まった、聡明で美しい生娘。そうしておいたほうが、金田一先生には都合が良いのよ」

百合子が顔を赤くして言い切った。

「アイヌ民族の歴史は、まるで乙女の放つ束の間の美しさのように、今ここできらめいて――」

やめろ。それ以上言わないでくれ。

幸恵は奥歯を嚙み締めた。

「そして滅びてしまうのよ。ユーカラを謡う美しい乙女、というメルヒェンのような余韻を残してね」

「それは違います！」

震える声で言い返したその時、玄関の戸が開く音が聞こえた。

「岡村くん、大層喜んでいましたよ。これは良い記事になる、ってね。けれど、一点だけ。百合子女史がお臍を曲げてしまいまして、原稿をいただくのに難航しているそうです。百合子女史という方は失礼ながらずいぶんとふくよかでいらっしゃいますからね。きっと儚げな幸恵さんが美しい、美しい、と持て囃されるのが羨ましいのでしょう」

上機嫌の金田一の声が、玄関先から少しずつこちらへ近づいてくる。

「あの方は、二言目には芸術、芸術、と仰います。今度の記事についても、大の男の岡村くんを捕まえて、幸恵さんの扱いが気に入らないと長々とお説教をされていたそうです」

ふいに百合子の目に、ぎらついた光が宿った。

ほら、ご覧なさい。

得意げにさえ感じる目つきで、幸恵をじっと見据える。

私はこんなことくらいでは傷つかないわ。男たちが私を陰でどう言っているかなんて、とっくの昔から知っている。

「芸術が高尚な尊いものであるのとおなじく、家庭の実生活も絶対に尊いものである事にまだ気が付かないのは、まだ百合子さんが若いからです。かわいそうに……」

金田一の言葉が止まった。

「おじさま、こんにちは。お邪魔しています」

百合子が甲高い声で言った。

「驚かれました？　ならば大成功！　私、おじさまを驚かせようと思って、わざわざお庭から回り込んで参りましたのよ。裏道を行くときに竹帚（たけぼうき）に引っ掛けちゃって、ほら、ご覧になって」

百合子がにゅっと足を突き出すと、黒いストッキングがまるで刃物で切り裂かれたような線を描いて破れていた。

第八章

靄

1

〝結婚不可〟というその医者の診断を、幸恵は自分の身体が妊娠出産には耐えられないと言われたのだと理解した。

静江の主治医である前島医師からの紹介で訪れた、お茶の水にある大病院だ。

朝の八時に受付をして、ようやく診察室に辿り着いたのは午後三時だ。

それまで昼飯はおろか水の一口も口にせず、ひたすら病院の待合室の椅子に腰掛けて待っていた。

待ち時間が長くなればなるほど、身体のいろんなところがしくしく痛んだ。特に心臓に繋がる背中の痛みは顔が歪むほどだ。

けれど、待合室にいる皆が同じように病んだ身体を押してここにいると思うと、私だけが弱音を吐くわけにはいかないと普段以上に背筋が伸びた。

やはりひとりで来てよかった。

医者がペンで〝結婚不可〟と書いたメモをわざわざ手渡したとき、幸恵は密かに息を吐いた。

「意味がわかりますか？ あなたは結婚をすることはできない、ということです」

さらに念押しされたことで、ふいに胸に苛立ちの灯が揺らいだ。

「ええ、文字は読めます」

幸恵が挑むような目を向けると、医者はむっとしたように眉間に皺を寄せた。

数日前の光景が胸の内に蘇った。

「幸恵さん、病院までひとりで行くことができますか。もし難しければ、私が仕事を調整しますが」

そう訊いてきた金田一の口調には、明らかに億劫そうなものを感じた。

「もちろんひとりで参ります。先生にご迷惑をお掛けするわけにはいきません。前島先生も、半日近く順番を待たされると仰っていましたもの」

慌てて答えると、金田一は「本当に大丈夫ですか？」と口では心配そうに応じながらも、ほっとしたようにあっさり引き下がった。

自分ではただ遠慮しただけのつもりでいた。

だが違う。本心では金田一に病院に付き添って欲しくなかったのだ。

東京の医者は、もし金田一が幸恵の付き添いだと知れば、女の身体のことまですべて明け透けに喋ってしまうのではないか。そう案じていたのだ。

もし金田一の前で医者から〝結婚不可〟と言い渡されたら、きっと私は裸を見られるよりももっとずっと悔しく恥ずかしい思いをしただろう。

「それと、これは別の医者でも散々言われてきた話かと思いますが、あなたの心臓には重い持病があります」

すっかり機嫌を損ねた様子の医者は、冷淡に言った。

「ひとたび悪化してしまえば、今の医術では長くは生きられないでしょう。くれぐれも無理をせず、養生しながら暮らすことが大切です」

幸恵はぼんやりと医者の背後を見つめた。

診察室の壁には、明るいのか暗いのかわからない色使いの花の油絵が飾られていた。

「はい、そのように気を付けます」

想像していたとおりだ。心臓の病のことは、これまでかかった医者の誰もが深刻な顔で指摘した。

――ひとたび病が悪化すれば、長くは生きられない。

身の毛が弥立(よだ)つような不吉な予言のはずだ。

だが、うんと幼い頃から同じようなことを言われ続けてきたせいで、ああまたか、とさほど恐ろしく感じないのが不思議だった。

それよりも今日は、初めて下された〝結婚不可〟の言葉のほうがずっと胸に応えた。

「それでは、お大事に」

カルテを手に腰を浮かせかけた医者に、ふいに声を掛けてみたくなった。

「先生、実は私はもう結婚しているんです。そこにも既婚と書かせていただきました」

問診票を指さす。

意地が悪いことをしたかった。あなたたち皆が私にそうしてくるように。私も少しくらい意地悪い嫌味を言ってやりたかった。

「えっ？」

医者は驚いた顔をしてから、問診票をまじまじと見つめてから少年のような声で「あ、本当だ」と言った。

「私、どうしたら良いでしょう？」

「どうしたら良い、とは？」

鸚鵡返し(おうむがえし)に訊いた医者の顔が強張っていた。問診票に書いてあることを見逃したと責められたと思っているのだろう。

こちらを睨みつける。

幸恵も医者にまっすぐな視線を向けた。

しばらく黙ってから、医者はため息をついた。

「相手の方に真実をお伝えするのが筋でしょうね。黙っていれば露見しないかもしれないなんて、決して考えてはいけません。これはひとりの人間の人生を左右する大事な問題です」

医者は急に幸恵を蔑むような目で見た。

「夫とは、別れるべきだということでしょうか？」

「相手の方にとっても、あなたの身体にとっても、私にはそれ以外の良い道が思い付きませんね」

そもそもどうしてアイヌの女、それも子を持たない新婚の若妻が、夫を伴わずに東京に出てきているのだ。

身体のことよりも何よりも、まずはそのことをおかしいと思わないのか？

医者の鋭い目にはそんな苛立ちの言葉が滲んでいる。幸恵にはそう感じられた。

「世間には子供を作らないという夫婦もいます。そういう形ならば、私たちも夫婦であり続けることはできますか？　夫は私を信じて、北海道に戻るのを待ってくれているんです」

強い口調で医者を見据えた。

医者は幸恵の言葉に呆気に取られたような顔をしてから、

「今の言葉をそのままご主人に伝えてごらんなさい」

と、首を横に振った。

診察が終わってからまた長い時間待たされて、実母のナミが送ってくれた皺くちゃの紙幣でお金を払った。

くたくたに疲れ切っていたが、一歩病院を出るとようやく息を深く吸うことを許されたような気がした。

身体がひどく重いのに、心はもっと重いのに、あの嫌な病院から抜け出すことができて足取りだけは軽かった。

「金田一先生には、数日休めば治ると言われた、と報告しましょうね」

神田川の淀んだ流れを横目に、自分に語り掛けた。

「きっと平気よ。うまく行くわ」

金田一は求めていたとおりの答えに満足するだろう。

身体が治り次第これまで以上にユーカラの研究に勤しんでくれ、と幸恵を焚き付けるだろう。

そう、それで良いのだ。私はそのためにここへやって来たのだから。

「けど、奥さまにはどう言ったらいいのかしら」

今朝、出がけに玄関先まで見送ってくれた静江の姿を思い出す。

「しっかり診ていただいてね。きっと良くなるわ」

そう言って幸恵の顔を覗き込んだ静江の顔つきは真剣だった。

胸の中を熱いものが過った。すべてを静江に打ち明けたくてたまらなくなる。

奥さまならば、きっと私の悲しみをわかってくださるに違いない。私という女の悲しみに寄り添ってくださるに違いない。

歩みを止めた。

自分の胸に浮かんだ「悲しみ」という言葉に驚く。

私はこれから先、子供を持つことができない人生を、村井と別れなくてはいけない運命を嘆き悲しんでいるのだ。

東京の空を見上げた。夕暮れが近いはずだがまだじゅうぶん青い空だ。だが雲は灰色に変わり始めていて、どこか寂し気だった。

ふっと自嘲の笑みが込み上げた。

何を今さら。

自分に鋭い言葉を投げかけたら、思った以上に胸が痛んだ。

幸恵、あなた、あの人との家庭を面倒ごとのように思っていたくせに。今、子供ができては困ると怯えていたくせに。崇高なユーカラの研究がすべてぶち壊しになっては困る、なんて怒りさえも覚えていたくせに。

きっと罰が当たったんだわ。

東京で浮かれて大事なものが見えなくなってしまった私に、神様が罰を与えたんだわ。

ふいに耳元で何か囁かれたような気がした。

怪訝な気持ちで振り返った。

夕暮れが近づいた雲のような灰色の靄が幸恵の背後にあった。

灰色の靄は砂金のようにあちこち微かにきらめいて美しくもあり、また川の流れのように奥に深い闇を湛えているようで気味悪くもあった。

夢か現かわからない気分でその靄をじっと見据える。

靄はしばらくその場に留まって、幻のように静かに消えて行った。

2

いつか必ず私の命は消えてしまう。

生まれたときから万人に平等に決まっているその運命が、これほど寂しく胸に迫る日が来るとは思わなかった。

幸恵は茶の間の机の前に座ってノートをゆっくり捲った。綴られた自分の美しい文字をぼんやりと眺める。

私の愛するアイヌの同胞たち。その彼らが過去幾千年の間に遺し伝えた口承文芸、私の生まれてきた意味——。

「私の人生に、何の意味があったのかしら」

万が一にも誰にも聞かれないように、囁くように言った。

奥の部屋で、静江と春彦が話す声がしていた。

「生まれたところを離れて、こんなに遠くまで来て。私はいったい何がしたかったのかしら」

自分を責める声ではない。すっかり道に迷ってしまった人が空を見上げて言うような、困り果てた悲しい声だった。

私は決して家庭の人になることはできない。この手で我が子を抱くことはできない。

そう思うと、命に替えても成し遂げたいと思っていたはずの仕事が、急にまやかしの物悲しいものに感じられた。

幸恵はぱたんと音を立ててノートを閉じた。

ふいに押し寄せる寂しさに呑まれそうになった。

うっと呻いて奥歯を噛み締める。

きっと罰が当たったんだわ。

何度も繰り返した言葉を、また口にする。

あのまま名寄で村井と一緒に暮らしていたなら。もしかしたら今頃、私は身籠(みごも)った母になれていたかもしれない。

私の身体では、健康に子供を産み育てることは叶わなかったかもしれない。けれども自分の命と引き換えにならば、もしかしたら——。

「うわあああ！　幸恵さーん！」

背後で響いた大声に、悲鳴を上げるくらい驚いた。

「ぼっちゃん⁉」

春彦が泣き喚きながら部屋に飛び込んできたのだ。

「幸恵さん！　僕、何も悪くないんだよ⁉」

春彦は幸恵に勢いよく飛びつくと、大きく首を横に振りながら叫ぶ。

「おやおや、ぼっちゃん、どうされましたか」

幸恵はようやく落ち着いてきた胸を押さえて、春彦の頭を優しく撫でた。

「僕は何も悪くないのに、お母さまが、お母さまが……」

「お母さまがどうされましたか？」

幸恵は手拭いで春彦の涙を拭きながら、真っ赤な顔を覗き込む。

「僕は悪くないんだってば！」

春彦の顔にちらりと決まり悪そうなものが宿って、また歪む。

「そうでしたか。それは悲しい思いをされましたね」

幸恵は春彦の背をぽんぽんと叩いて、小さく笑った。

「ですが決して、お母さまが意地悪をなさったというわけではないと思いますよ。お母さまは、ぼっちゃんのことを心から愛していらっしゃいますからね。いくら叱られたことが悲しくても、それを忘れてはいけませんよ」

「でも、お母さまは、えっと……」

春彦の顔に少しずつ正気が戻ってくる。途端に恥ずかしそうに肩を竦める様子が、たまらなく可愛らしい。

「兎のお話を聞かせてあげましょうか」

幸恵はノートを開いて春彦を手招きした。

「兎？　耳の長い、あの兎のお話？」

春彦の目が輝いた。

「ええ、アイヌの物語です。兎の兄弟が山を駆け回るお話です。ツ　ピンナイ　カマ　レ　ピンナイ　カマ　ってね」

「サンパヤ　テレケ『兎が自ら歌った謡』」の兎の兄弟の物語だ。

「ツ　ピンナイ……？」

幸恵の膝の上に腰かけた春彦が、首を傾げる。

「二つの谷、三つの谷、という意味です。幾度も出てきますので、一緒に唱えてみましょうか」

「アイヌ語？　すごいなあ！」

身を乗り出す春彦の顔つきに、どこか金田一を思わせる情熱が漂う。

「〝二つの谷、三つの谷を飛び越え飛び越え　遊びながら兄様のあとをしたって山へ行きました〟」

幸恵はノートの字を読み上げてから、期待に満ちた表情でこちらを見上げる春彦に目を向けた。

「ではここで、一緒に唱えてみましょう。ツ　ピンナイ　カマ　レ　ピンナイ　カマ」

「ツ　ピンナイ　カマ　レ　ピンナイ　カマ」

春彦は全力で耳を欹(そばだ)てながら、幸恵の言葉に続く。

二人で顔を見合わせてにっこり笑った。

「幸恵さん、アイヌ語って楽しいね」

「そうですね、楽しいですね」

幼い春彦の口からアイヌ語が飛び出したことに、思った以上に胸が震えた。

「ねえねえ、この兎の兄弟は、最後にはどうなるの？」

春彦が賢そうな目でにんまりと笑う。

「最後、ですか？」

幸恵は息を呑んだ。

ノートに目を走らせた。活字のように整った自分の字の上に、素早く手を重ねて隠した。

「サンパヤ　テレケ」で兎の兄は弩(いしゆみ)の罠にかかって泣きながら死ぬ。身体をバラバラにされて鍋に放り込まれる。

幼い頃、祖母のモナシノウクから幾度も語り聞かされた物語だ。囲炉裏の火の熱を感じ、祖母の優しい声を聞きながら、幸せな気持ちに包まれて聞いた物語だ。

「それをお話ししてしまったら、面白くありませんよ」

幸恵は無理に笑みを浮かべて、膝の上の春彦を抱き締めた。

3

次の朝目覚めたそのときに、ひどい高熱が出ていると気付いた。

病院の待合室で流行りの風邪を貰ってしまったのか。それとも長い時間診察を待って疲れ切ってしまったせいだろうか。

「金田一先生、申し訳ありません。今日はどうにも……」

覚束ない足取りで茶の間に向かうと、朝食を食べていた皆がぎょっとした顔をした。

「ひどい顔色。かわいそうに、ゆっくり養生なさってね」

金田一が何か答える前に、静江が力強い声できっぱりと言った。

「お菊さん、後でお粥を作ってあげて。私は暑くなる前に果物屋へ行ってくるわ。喉が痛くても、西瓜(すいか)ならば食べられるかしら？」

幸恵の看病に乗じて「果物屋へ行く」なんていかにも楽しそうな用事を真剣に話す静江に、愛おしさが胸に広がるような気がした。

この人は、自分の具合が悪いせいで周囲に迷惑を掛けることが、どれだけ気が重いことなのかわかってくれているのだ。

「まあ、ありがとうございます。嬉しいです」

蚊の鳴くような声で答えて、静江に微笑みかけた。

「西瓜！　やった！」

春彦が飛び上がって喜ぶ。

「わざわざすみません。よろしく頼みますよ」

金田一が腫れものにでも触るような様子で、静江の横顔をちらりと見た。

春彦の部屋で横になって、幸恵は押し寄せてくる不安に身を縮めた。

息が浅くなくなるほど蒸し暑い。東京の夏だ。

廊下の向こうの縁側の部屋で風鈴が鳴っているが、風は少しも感じない。

私の人生は、結局この繰り返しだ。ままならない身体、言うことを聞いてくれない身体、どうにもならない運命に振り回されて、いつも志を阻まれる。

もう北海道に帰りたい、と思った。

私の病が進んでいるとしたら、これ以上、金田一に迷惑を掛けるわけにはいかない。こんな身体の状態では、金田一のユーカラの研究に付き合うことなぞできないだろう。

幸い当初の目的だった『アイヌ神謡集』の原稿を出版社に渡すところまでは漕ぎ着けた。もうそれでじゅうぶんだろう。

志のすべてを成し遂げることができなかったからといって、すべてが意味のないことになってしまうわけではない。私がこの身体で、この命でできることはここまでなのだ。

北海道。私が生まれ育った場所、私の愛おしい人たちのいる場所に帰りたい。

北海道、という言葉が胸に沁み込む。大嫌いだったはずの北海道。私はそこで村井の幸せを祈り、両親が暮らす登別で余生を過ごすのだ。

弟の高央と真志保に勉強を教えてやるのだ。ヌプルペッの川沿いの道を散歩しながら、東京の土産話をたくさん聞かせてやろう。

この身の〝使命〟などすっかり忘れ去り、ただ目の前に広がる美しい世界に身を浸して、幼い者を愛でて生きるのだ。

北海道の夢を見ようと無理に目を閉じた。

額の氷嚢(ひょうのう)を替える気配に目覚めると、静江が枕元に座って幸恵の寝顔を見つめていた。

「奥さま……」

紛れもなく母の温もりを感じて、少し甘えた声が出た。

静江は今にも泣き出しそうな顔をした。

「ありがとうございます。具合はずいぶん良くなりました」

言葉とは裏腹に声を出すのも苦しかった。

「ごめんなさいね。果物屋へは行けなかったのよ。せっかく幸恵さんに真っ赤な西瓜を食べさせてあげようと思ったのに」

静江が震える声で言った。

「いいえ、そんな。どうぞお気遣いなさらないでください。お気持ちだけで嬉しいです」

いったい何があったのだろう。ぼんやりと霞がかったような頭の中で、静江の言葉を繰り返す。

「若葉が熱を出したの。さっき、お菊さんが病院に連れて行ったわ」

「まあ、若葉ちゃんが」

幸恵は眉を歪めた。

この身が弱っているからこそわかる。身体を壊すのは途方もなく苦しく悲しいことだ。あの小さな小さな若葉が、私と同じ思いをしているなんて。

「我が子が苦しんでいるのに一緒に病院へ行かないなんてひどい母親だ、と思うでしょう？」

静江が目を伏せた。

「いいえ、そんなことありません。皆、ご事情がありますから。それで、若葉ちゃんのお具合は……？」

きっぱり否定してから、何より気になったことを聞いた。

「死ぬかもしれないわ」

部屋の空気が張り詰めた。

静江が挑むような目で見つめてくる。

幸恵はうっと唸ってから、

「いいえ、そんなことはありません。ただの風邪に違いありません」

嚙んで含めるように言って布団から身を起こした。

息継ぎができないような激しい咳が出たが、今はそれどころではない。

「どうして？　人は誰も彼も皆、必ず死ぬのよ。あの子も今がそのときかもしれないわ」

駄々をこねる子供のような目をする。

その甘えるような仕草で、若葉の体調はほんとうは大したことがないのだと確信することができた。

「いいえ、若葉ちゃんは身体の丈夫な子です。すぐに良くなりますよ」

力強く言った。

「どうして幸恵さんがそう言い切ることができるの？　お医者でもないくせに」

静江の指先が震える。

額から大粒の汗が次々に落ちる。

目の焦点が合っていない。

喉元から細い呻き声が漏れた。

静江はがくりと頭を落として四つん這いになると、今にも飛び掛かりそうに鋭い上目遣いの目を幸恵に向けた。

「お医者でもないくせに」

もう一度言った。

「なぜ言い切ることができる、ですって？　それは私がアイヌだからです」

一息に言い切った。

静江の顔に困惑が過った。

「アイヌは占いですべてを見抜きます。人の生も死も、幸せも不幸も、何もかもすべてわかります。和人とは流れる血の色から何からすべて違う、北海道の奥地で暮らす山の民です」

「違うわ。どうしてそんなでたらめを？」

酷い皮肉と取ったのか、静江が急に怯えた顔をした。

「そのアイヌの私が、若葉ちゃんはすぐに治ると言っているのですから、そう信じていただけませんか？」

静江の顔を覗き込んだ。

「意地の悪いことを申し上げました。ですが、私たちは和人に見えないものが見えることは確かです。そして当然、その逆もあるのでしょう」

静江の冷たい手を取った。

「私には、若葉ちゃんの元気な姿が見えます」

もう一度念を押すと、静江が魂を取られたような顔をしてこくりと頷いた。

幸恵は咳をしながら部屋の隅へ向かった。風呂敷包みの奥にしまっていた紙切れを取り出す。今なら話すことができる気がした。

「奥さま、ご覧になってください。先日、お茶の水のお医者様にこう言われました」

メモに〝結婚不可〟の文字を認めた静江の目が見開かれた。

「そんな……」

「これまでほんとうにお世話になりました。落ち着き次第、私は北海道へ帰ります」

深々と頭を下げた。

「あの人は知っているの？」

「申し上げたのは奥さまが初めてです。どうかそのメモの言葉は、私がここにお世話になっているうちは、金田一先生には決してお伝えにならないようお願いいたします」

「言うはずがないわ。あの人には関係のないことですもの」

静江がきっぱりと言った。

「北海道に帰ってどうされるおつもり？」

「夫と別れて生家へ戻ります。きっと私の身体は長く生きることは難しいのでしょう。ならば両親の元で、安心して残りの人生を過ごしたいと思います」

「でもあの人、きっと幸恵さんに、分厚い手紙をたくさん書くわ。それでまた、無茶なお願いをたくさんするはずよ」

静江の眉間に皺が寄った。

「お返事ができるかはわかりません。少なくともしばらくは、何もせずに自然の中でゆっくり養生します」

しばらく幸恵の言葉を嚙み締めるように黙っていた静江が、ふっと笑った。

「そうね。手紙なんて放っておけばいいわ」

小気味良さそうににやりと笑う。それからすぐに寂し気に目を伏せた。

「幸恵さんの決断は正しいわ。きっとあなたは北海道に戻ってご両親の元で幸せになれる。弱い女が主婦になるのは罪よ。子供のため、大人のため、自分のために最大の不幸よ」

強すぎる言葉に息を呑んだ。

しばらく二人とも黙り込む。

静江の傍らにちらちらと光の粒が見えた。

おやっと思う間もなく、それは灰色の靄に変わっていく。

目を擦ってみると一旦は見えなくなる。

けれど、視線を逸らすと視界の端にはっきりとある。

お茶の水の病院の帰り道に出会った、あの靄だ。

靄はまるで生きて呼吸をしているように儚げに揺れる。

間違いなく目に映っているのに、手を伸ばせばきっとそこには何もないとわかる。

——これが死神なのか。

胸に浮かんだ言葉に肝を冷やしたそのとき。

「幸恵さん、お母さま、見て見て!」

春彦が勢いよく部屋に転がり込んできた。

「春彦!? 学校はどうしたの!?」

静江が、ただ驚いただけにしてはずいぶん鋭い声を出した。

「今日は終業式だから早く帰れるのですよ。ねえ、見て見て! 僕、甲がこんなにたくさん！」

春彦が真っ赤な顔で通知表を開く。

確かに、体育にひとつだけ乙がある以外はすべてが甲の、素晴らしい成績だ。

「まあ、春彦ぼっちゃん。素晴らしいですね！　こんな良い成績見たことがありませんよ！」

幸恵が歓声を上げると、春彦はとろけそうに幸せそうな顔をした。

「見事なものね。私に似たわけじゃなさそうね」

急に母親の顔になった静江が、照れ臭そうにしている。

「ねえ、お母さま、ご褒美の西瓜は？」

「えっ？」

静江が首を傾げる。

「果物屋さんへ行ったんでしょう？　僕、ずっと楽しみにしていたんだよ」

「ああ」

静江が我に返った。

「あれから若葉が熱を出して大騒ぎだったのよ。うっかりしていたわ。今から一緒に行きましょうか？」

静江が腰を上げると、春彦が「行く！」と足元に抱き付いた。

「それじゃあ、幸恵さん、また後で。ゆっくりお休みになっていてね。今度こそ西瓜を食べさせてあげるわ」

静江は春彦と連れ立って部屋を出て行った。

「若葉、大丈夫？」

「ええ、平気よ。お菊さんが病院に連れて行ってくれたから、すぐに良くなるわ」

遠ざかっていく二人の会話に、幸恵はほっと微笑んだ。

気が抜けたら急に咳が戻ってきた。軽く喉を鳴らすとそのまま気管がひゅっと塞がって、顔が真っ赤になるほどの発作が起きた。

四つん這いになって荒い息をしながら、ふと振り返る。

部屋の中を隅々まで見渡す。

灰色の靄は、またいつの間にか見えなくなっていた。

4

息苦しい夢を見て、はっと目覚めた。

幸恵は天井を見上げたまま、自分の身体を確かめるように触る。

よかった、まだ生きていた。

蒸し暑い夜だというのに、身体は驚くほど冷たい。

視界が歪んでいた。春彦の部屋の広さがよくわからない。今にも壁に身体をぶつけそうな小さな部屋に押し込まれているようにも、広すぎるがらんどうの部屋の真ん中で眠っているようにも思えた。

私の身体は取り返しのつかない一線を越えてしまったのだ、とわかった。

この苦しみ、身体の痛みはどうやら生きているうちには消えることはなさそうだ。こうして一段ずつ階段を下りて行くようにして、私はそう遠くないうちに死ぬのだ。

「神様……」

幸恵は奥歯を噛み締め、胸の上で手を組んで祈った。

涙が後から後から流れ出す。

やるべきことはもう終えた。そう諦めはついていたはずだ。なのに、やはり死ぬことは恐ろしい。死ぬことは悲しい。悔しい。

私の祖先、アイヌの神々、そしてイエスさま。

どうぞ私をお守りください。

この身体に巣食う憎しみを取り去り、安らかに天に向かう清い心を与えてください。

――憎しみ。

自身の胸で響いた言葉に驚いた。

ゆっくりと身体を起こす。

枕元にいつも置いてある古びたノートにそっと触れた。
シロカニペ　ランラン　ピシカン。
トワトワト。
ハイクンテレケ　ハイコシテムトリ。
ツ　ピンナイ　カマ　レ　ピンナイ　カマ。
トーロロ　ハンロク　ハンロク。

まるでラジオのつまみを回すように、モナシノウクの謡声が流れ出す。

幸恵は目を閉じてしばらくそれに聞き惚れた。

「……フチ、あのね、ごめんなさい」

今にも泣き出す子供のような、モナシノウクの着物に顔を埋めたときの声で呟いた。

「フチにだけは打ち明けるわ。お母さまには絶対に、絶対に内緒にしていてね」

幸恵はノートを開く。

泥の川ヌプルペッの銀色に輝く水面、梟が揺らす木漏れ陽、真っ青な空に掛かる虹色が押し寄せた。

胸いっぱいに広がる懐かしさに震える手で、鉛筆を握る。

世界がぐっと狭まって、自分が綴った言葉の数々がどこかに答えを探すように、ちかちかと光る。

よかった。頭のほうはまだ少しも衰えていないようだ。
幸恵は鋭い目でノートの文字を見つめると、小さく笑った。

第九章 銀の滴

1

七月二十五日の東京は涙が出そうなほどの暑さだった。

いくら深く空気を吸い込んでも息苦しさが抜けず、常に微熱があるように頭がぼんやりした。

「やっぱりやめておくわ。この暑さで人混みになんて行ったら、倒れてしまうのが目に見えているもの」

朝いちばんに静江がそう宣言した。

「それがよろしゅうございますね。会期はもう月末までということで、とんでもない人が押し寄せていると聞きますから。若葉ちゃんもたいへんでしょう」

こうなることはわかっていたという顔で、菊がてきぱきと応じた。

「この暑さですからね。まったく、酷い暑さですから」

菊が自身に言い聞かせるように言った。

あれからほんの数日ですっかり具合が良くなった若葉は、菊の背中で汗びっしょりになってぐっすり眠っている。

昨夜、博覧会に着ていく着物を長々と話し合ったときの菊の笑顔を思い出して、幸恵の胸がちくりと痛んだ。

卓袱台を囲んで朝食を食べる春彦の顔を横目で窺った。

春彦が今日この日をどれほど楽しみにしていたかは、言うまでもない。

強張った顔をした春彦はまだ諦めきれない様子で、口元だけに泣くのを必死で堪えるような笑みを浮かべていた。

「そうか、ならば午後から、お父さまと幸恵さんと三人で行こうか」

ふいに金田一が我が子の背を抱いて言った。

驚いた様子で顔を上げた春彦に、しっかりと頷く。

「それがよろしゅうございますね。ぼっちゃん、とても楽しみにしていらしたでしょう？　幸恵さんと三人で行っていらっしゃいな」

菊が幸恵の顔を見ずに早口で言った。

「そうね、幸恵さんにも博覧会を見ていただきたいわ。きっと東京の良い思い出になるはずよ。お小遣いをあげるから、春彦と一緒に味付き氷水を飲んでいらして」

助かった、という顔で静江が頷いた。

「お父さまと、幸恵さんと……？」

春彦はほんの一瞬だけ怪訝そうな顔をしてから、すぐに気を取り直したように屈託ない笑みを浮かべた。

「やった！　行こう、行こう！　幸恵さん、それでいいよね？」

「もちろんですとも。一緒に参りましょうね」

大きく頷いたら、背骨の真ん中あたりが軋むように痛んだ。

痛みは波のように全身に広がり、息が詰まるほど身体が重くなる。

ああ、と嘆きの言葉を胸の中で呟いた。

あれから階段を下りるように、毎日少しずつ確実に身体が弱っていることに気付いていた。

ここしばらくは、今までにない激しい眠気に悩まされるようになっていた。少し身体を動かして疲れると、すぐに気が遠くなってことんと眠りに落ちてしまうのだ。

ノートの整理をしている最中にどうしても眠気に抗えずに目を閉じてしまい、はっと気付いたときには散乱したノートの束の中で気を失ったように倒れていたときは驚いた。

幸い頭はしっかり動くので、書き物の最中はどうにか眠気を感じずにやってきた。だがその代わり、ひどく目が霞む。

力を込めて何度も瞬きをしないと、自分が書いた文字さえ読み取れないことがある。夕暮れが近くなると視界が曇って、目尻がびしょびしょになるほど涙が溜まってしまう。きっとあの不気味な灰色の靄が見えたのは、急激に視力が弱っているせいだったのだ。そんな身体の状態でこの暑さの中、人混みに向かうのは気が重かった。

だが春彦のためだ。

今日は私も体調が悪いので遠慮しておきます、なんてことを言えるはずはなかった。

「やった！　やった！　博覧会だ！」

大声ででたらめな歌を歌い出して「春彦、食事中よ」と静江に窘められた春彦は、頭を搔きながら「幸恵さんがいてくれてほんとうによかったな」と言った。

2

出発は、春彦が夏休みの宿題を終えて少し風が涼しくなり始めた午後三時ごろだった。

あとどのくらいで目的地に辿り着くのか、幸恵には皆目（かいもく）わからない。ただ道を進むにつれて少しずつ、確実に人が増えていく。思っていたよりももっとたくさんの人。さらに多くの人の姿に圧倒される。

春彦の手をしっかり握って、一人で先を進んでしまう金田一の背を見失わないようにと目を凝らす。

身体の大きな人にぶつかるたびに、まるで引っ叩かれたように恐ろしくなって身が竦んだ。

「わあ、おしくらまんじゅうみたいだね」

幸恵の傍らで安心しきった様子の春彦の姿だけが救いだ。

「幸恵さん、幸恵さん、ああ驚いた。こっちですよ！」

二人が後に続いていないことに気付いた金田一が、人混みを掻き分けて戻って来た。

「きちんと私についてこなくては駄目ですよ。ぼんやりしていると、攫われてしまいますからね」

金田一が幸恵の手を強く摑んだ。

「は、はい。こんなたくさんの人、生まれて初めてなもので。さあ、ぼっちゃん、お父さまとしっかり手を繫いでいてくださいな。はい、こちらの手はお父さま、こちらの手はわたくしで、両方からしっかり守りますよ」

幸恵は金田一の手をさりげなく解き、代わりに春彦の小さな手を握らせた。

人いきれの中をしばらく歩いて、ついに不忍池の畔に辿り着くと、入り口の門のところには大きな噴水があって、水飛沫が西日に当たってきらきらと輝いていた。

ヌプルペッの流れの生き生きしたきらめきとは違う。機械で磨き上げられた宝石のような、人の目を奪うまばゆい輝きだ。

「飛行機だ！」

春彦が指さした先には、水上飛行機がアメンボのように滑らかに水面を飛んでいた。

池の両端には一切の装飾のないモダンな造りの塔が建っていて、一層の人だかりができている。

「あれがこの平和記念東京博覧会の目玉となる平和塔です。高さは百四十尺。新進気鋭の建築家、堀口捨己(ほりぐちすてみ)くんの作品ですよ」

金田一がいかにも大学教授らしく、厳めしい声で言った。

「平和塔、ですか」

金田一の家では皆が〝博覧会〟とだけ呼んでいたので、この博覧会の正式名称が〝平和記念東京博覧会〟というのだと初めて思い出した。

改めて見上げると、平和塔は西洋風でもなく東洋風でもない、至ってすっきりした形だ。子供が積み木で作ったようなまっすぐな清々しさがある。

これから新しい時代が始まる。そしてその新しい時代はきっと今よりも平和になる。

そんなことを予感させる晴れがましい造形だ。

今このときこの場に生きていることが誇らしいような、不思議な高揚感に包まれた。

「さあ、これからどこに参りましょうか？　と言いたいところですが、さすがに凄まじい人混みですね。子供連れでもありますし、まずは目に付いたところに並びましょうか。ええっと、池の端には世界中の文化風俗を紹介する館の連なる万国街があったはずですよ。南洋館では歌劇があるので、それなら春彦でも楽しめるでしょうか」

金田一が背広の胸ポケットから新聞の切り抜きを取り出した。

「飛行機、飛行機……」

すっかり飛行機に心を奪われた春彦が、熱に浮かされたように声を上げている。

良く似た横顔でてんでばらばらに別のものに熱中する父子の姿が微笑ましくて、幸恵はくすっと笑った。

「奥さん、絵葉書はいかがですか？　十三枚で一揃いになっていますので、お土産にぴったりですよ」

ふいに物売りの男が、踊るような足取りで幸恵の前に回り込んだ。

と、幸恵の顔立ちに気付いてぎくりとした顔をした。

熱心に切り抜きを読み返している金田一に、幸恵に「奥さん」と呼びかけた今の言葉を聞かれなかったか、と窺うように気まずそうな目を向けた。

「いただきます！　おいくらでしょうか？」

幸恵は間髪を容れずに答えた。

背筋をしゃんと伸ばして、巾着袋から財布を取り出す。

花売りの娘の前で鞄をごそごそやっていた、百合子の頼もしい姿を思い出していた。

「へっ？」

物売りは驚いた顔をした。きっとこの男は幸恵が自分の財布を持っているとは思わなかったに違いない。

「その絵葉書で、お父さんとお母さんにお手紙を書くの？」

飛行機を見つめていた春彦が、振り返って親し気に訊いた。

「ええ、そうですよ。それと、伯母さんと、おばあちゃんと、弟たちにも書きます」

「それは素敵だね。きっとみんな喜ぶね」

二人の気安い会話に、物売りはいったいこの父子とアイヌの女とはどんな関係なのだろう、と怪訝そうな顔をしたが、傍らの金田一が「さあ行きましょう！」と言うと、慌てて幸恵から金を受け取った。


小一時間ほど列に並び、南洋館で南洋人の歌劇を観た。

黒い肌の子供たちが太鼓の音に合わせて歌い踊る。満員の客が太鼓の音に合わせて手拍子をすると、南洋人の子供たちは何とも得意げに胸を張った。

会場は暖かい笑い声に包まれて、女たちの「かわいい！」という歓声が聞こえた。

出し物が終わると、そこかしこから小銭を紙で包んだおひねりが飛び交い、それを南洋人の子供たちが満面の笑みで拾って回った。

南洋館を出たら日が暮れ始めていたので、静江からもらった〝お小遣い〟で、春彦と二人、いちごの味の氷水を飲んだ。

疲れ切った身体に真っ赤な甘い氷水が染みわたる。うっとりするくらい美味しかった。これこそ命の水だと思った。

「幸恵さん、見て見て、真っ赤になっちゃった！」

「まあ、ぼっちゃん、私も一緒ですよ」

春彦と赤くなった舌を見せ合いながら樺太館と満蒙館へ向かったが、そろそろ勤め帰りの人がやってきたのか、先ほど前を通ったときよりもはるかに長い列ができてしまっていた。

「僕、並ぶのはもう嫌だ。それよりもアイスクリームが食べたいな」

長い列を目にした春彦は、急に疲れを感じたようにその場にしゃがみ込んだ。

「私が買ってきますよ。お父さまと一緒に休んでいらしてくださいね」

少し先に進んだところに、大きな氷に囲まれたアイスクリームを売る屋台があった。

ベンチに腰掛けてぼんやりと疲れに浸った顔をした春彦と、煙草を燻らせた金田一に手を振って、急ぎ足でアイスクリームの列に並ぶ。

ようやくひとりになって、ほっと息をついた。

あんなに甘い氷水を飲んだばかりなのに、さらに甘いアイスクリームを食べたがる春彦に、子供とは逞しいな、と小さな笑いが込み上げる。

案じていたよりも、ずいぶんと身体の具合が良いのが嬉しかった。

辺りはすっかり暗くなっているのに、目の前のものがいつもよりよく見えた。

不忍池の水面にさまざまな色の灯りが映ってゆらめいている。

うっとりするほど美しい眺めだった。きっと物語で読んだロマンチック、というのはこういう光景のことを言うのだろう。

たったひとりでいるのに誰かに恋をしているような心地がする。この時が永遠に続けばいいのにと思った。

ようやく東京の良い思い出ができた。思い残すことはない。

心からそう思った。

紙皿に載せたアイスクリームを手にベンチに戻ろうとしたとき、自分を呼ぶ声を聞いた。

「幸恵さん！」

はっとして振り返ると、真っ白なワンピース姿の百合子が腕を前で組んで立っていた。

「百合子さんでしたか。驚きました」

アイスクリームが溶けてしまわないか気にしながら言った。

「約束を破ったわね。博覧会は一緒に行こう、って言ったじゃない」

百合子は悪戯っぽく笑った。

あの日、百合子に陰口を聞かれてしまったと気付いた金田一は、相当狼狽していた。

百合子がすべては聞き間違いだったと思い込んでくれるのを祈るように、普段よりも陽気に振舞ったり、道化のようにはしゃいでみせた挙句、百合子が帰る頃には観念したように不機嫌になった。

もっとも、強張った雰囲気の中で平然と居座って無駄話を続け、夕飯まで平らげて行った百合子には、いったいどうしてこんなに肝が据わった嫌味な振舞いができるのかと驚いたが。

当然、あれから百合子は一度も金田一の家を訪れていなかったし、金田一が百合子の話をすることもなくなった。

幸恵のほうから話題にできるはずもなく、百合子の存在はまるで最初からどこにもなかったかのように、金田一家から消えた。

「あの時は、すみません。先生に何も言えなくて……」

素直に謝った。

「そりゃ、そうよね。幸恵さんは悪くないわ」

百合子は困り果てた金田一の顔を思い出したように、くすりと笑った。

「今日、百合子さんはお一人でいらしたんですか？」

「仕事で来たのよ。ついさっき編集者と別れたところ。この博覧会の大成功を宣言する提灯持ちの記事を書いて欲しかったみたいだけど。それなら私に頼んだのが大きな間違いね」

不忍池の光り輝く水面に、値踏みするような目を向けた。

「どんな記事を書かれるおつもりですか？」

アイスクリームが溶け始めている。早く戻らなくては。

「つまらないわ。モダーンの意味を履き違えて、ただの西洋の真似にすぎない。ごたごたで雑駁。それに平和なんて名ばかりよ。きっとこの博覧会は近い未来に、この時代の日本人がどれほど浅はかだったかを知らしめるものとなるはずよ」

百合子が得意げに鼻先をつんと上げた。

幸恵は思わず笑みを浮かべた。小気味良いほどの毒舌はいかにも百合子らしかった。

「そうでしたか。私にはとても楽しいものでしたが」

気の置けない調子で応じた。

「あなた、北海道館に行っていないわね。すぐわかるわ。だからそんなことが言えるのよ。北海道館でアイヌがどんなふうに紹介されているのか、教えてあげましょうか？」

すかさず百合子が噛みついた。

「北海道館、知っていましたとも。知らないはずがありません」

南洋館での、黒い肌の子供たちの踊りを思い出す。「南洋土人とはなんてかわいいものでしょう」と口々に言い合う客たち。

樺太館、満蒙館、朝鮮館、そして北海道館。

この平和博覧会での南洋〝土人〟の扱いを見れば、北海道館の中でアイヌたちがどのように紹介されているかは察することができた。

だが幸恵は、金田一と春彦が北海道館に入りたいと言ったら、喜んで一緒に行こうと思っていた。

——ああ、故郷が懐かしいです。

——まあ、こんなものは違いますよ。

今の私ならば、顔色一つ変えずにそんなふうに軽口を叩きながら、北海道館を隈なく見て回ることができる。

「幸恵さん、あなた悔しくないの？　滅びゆくアイヌを和人に伝えるために、神に遣わされた乙女。そんなふうにいいように持ち上げられて振り回されて。でも幸恵さんのユーカラに集まる男たちは、みんなあなたを自分たちと同じ一人の人間だなんて——」

「もう、あまり私を傷つけないでくださいませ。百合子さんの思想と、私という者の人生は別のものです」

強い口調で遮った。

「百合子さんは、ご自身の信じた道を進まれればよろしいでしょう。百合子さんの抱えた怒りに賛同して立ち上がろうという若い女性は、きっとこれからたくさん現れます」

「あなたは違うの？　一緒に立ち上がってくれないの？」

百合子がどこか縋るような顔をした。

「私には時間がありません」

この人生が終わる日が来るなんて想像もできなかった娘の頃、私はひたすら自身の使命を追い求めていた。この身を、この知識を、この才能を、長い間虐げられ苦しみ続けたアイヌ民族のために捧げたいと思った。

ユーカラをローマ字で書き留めること。わかりやすい日本語に訳すこと。東京で金田一のアイヌ語研究に協力すること。どれも自分にしかできない仕事だと信じて全力で取り組んだ。

だが――。

「持病が悪化しているんです。私は近いうちに死にます」

百合子の顔が歪んだ。

「縁起でもないことを言わないでちょうだい。誰だって死ぬのよ。私だってね」

百合子は負けてたまるかという様子で、強い目で睨んでくる。

気付くと百合子の傍らに灰色の靄が見えた。

百合子と横幅も縦幅もちょうど同じくらいの大きさ。これまで見た中でいちばん大きな靄だ。

どんどん靄が広がって視界が真っ暗になってしまうのではと身構えたが、靄はその大きさのままちらちらと左右に揺れている。

「このところ、灰色の靄が見えるんです」

幸恵が指さすと、百合子が少しも臆することなく指さしたところに顔を向け、「どういうこと？　何もないじゃない」と首を傾げた。

「幼い頃、祖母から、人は死ぬ前になるとあの世とこの世の境目で暮らすようになると聞きました。うんと長く生きた年寄りは、兎の神様とお喋りをしたり、梟（ふくろう）の神様と山を散歩したりしながら、少しずつあの世に近づいていくんです」

「カムイ・ユカラの話ね。子供と年寄りは死に近いから大人には見えないものが見える、というのは、アイヌだけではなくて世界中のさまざまな文化で言われていることよ。幸恵さんにもそれが見えるっていうの？　それは良くないわ。きっと慣れないこちらでの生活で神経衰弱になっているのよ」

「いいえ、頭ははっきりしております。長く生きていますと、ああこれがそのことだ、とはっきりわかるんです」

幸恵は首を横に振った。

「長く生きている、って、あなたまだ十九でしょう？」

「私にとっては長い長い道のりでした」

二人でしばらく見つめ合った。

「できれば来月に、遅くとも九月には北海道に帰ります。ここでの私の役目はもう終わりました」

もう立ち去らなくてはというように、溶け始めたアイスクリームを示した。

「まだ終わっていないわ。良い医者ならばいくらでも紹介してあげる。幸恵さん、あなたが本気でこの世界と向き合うなら、アイヌ民族の未来を背負って、偏見を拒み、間違っていることにはノーと言い切る強さがあるならば、きっと世の中の人は変わっていくはずよ。アイヌへの認識が大きく変わるはずよ」

「どうしてそれを私に求めるのですか？」

百合子とまっすぐに向き合った。

「あなた方和人が私たちアイヌをどう思おうと、それはあなた方の問題です。誰が何を思おうと、私の人生は何一つ変わりません。ただ己に与えられた日々を生きるだけです」

今すぐに帰りたいと思った。

北海道に帰りたい。

私の山、私の川。私の家族。私の愛おしい人たち。

私のいるべき場所は北海道だ。愛する人々の暮らす、あの貧しくみすぼらしく悲しみに満ちたアイヌコタンだ。それの何がいけない？

私には故郷から遠く離れた東京の博覧会で、浅はかな者が浅はかに思い付いた北海道館の光景に憤(いきどお)っている時間なんてないのだ。

「……その灰色の靄って、あの世への入り口なの？　アイヌの間にはそんな言い伝えがあるの？」

しばらく黙ってから、百合子がしゅんとした様子で訊いた。

「いいえ。皆目わかりません。気が落ち込んでいるときは死神のようにも見えますし、前向きなときには、ただの目の疲れにも思えます。ですが、いつでもどこでも、少し気を抜くと現れてしまうのは同じです」

「面白い言い方をするのね。なんだか可愛らしいわ」

百合子が力を抜いて笑った。

「今もここにあるの？」

傍らに目を向ける。

「もう見えません」

「どこにいっちゃったのかしらね」

百合子はぼんやりと目を泳がせてから、気を取り直したようにハンドバッグを握り直した。

「引き留めて悪かったわね。そのアイスクリームもう駄目ね。新しいものを弁償させていただくわ。そこで待っていてちょうだいね。すぐに、すぐに戻るから」

止める間もなく大股の早足で歩き出す。

紙皿の上で春先の雪だるまのように力を失ったアイスクリームを、幸恵はじっと見つめた。

指先で掬って（すく）ぺろりと一口舐める。

今まで食べたものの中でいちばん美味しかった。

3

北海道に帰る日が十月十日に決まった。

いつか帰ることになるのは最初から決まっていたことなのに、金田一はまるで駄々をこねる子供のように、どうにかして幸恵を引き留めようとした。

「その身体では、かえって長旅はよくありませんよ」

「北海道よりも東京のほうが大きな病院がたくさんあります。本腰を入れて、こちらで持病の治療をされてはどうですか?」

「くれぐれも無理はせず、妻やお菊さんとのんびり遊びながら、時折私の研究の手伝いをしていただく。そんな形ではいかがでしょうかね?」

〝結婚不可〟と言われたことについては、金田一には一言も話していない。静江もその約束を守ってくれていた。

そのお陰で、身体の具合の悪さに加えて「なるべく早くに夫に会わなくてはいけないのです」という言葉の意味を、金田一は村井が早く戻ってこいと言っているのだと受け取ってくれたようだ。

「夫」という言葉が出たその瞬間に顔を曇らせて、渋々という様子で頷いた。

「わかりました。とても残念ではありますが、幸恵さんのお身体が大事ですからね」

だがこう付け加えるのは忘れなかった。

「せめて、『アイヌ神謡集』の最後の校正だけは、こちらで済ませて帰ってくださいませ。もうあと一息で完成なのですから」

「ええ、もちろんそのつもりです」

幸恵は大きく頷いた。

私はこの原稿を仕上げるために東京へやってきたのだから。

八月中には「炉辺叢書」の岡村千秋から戻ってくるはずだった原稿は、岡村の都合で少しずつ先延ばしになり、九月十三日になってようやく金田一家に届けられた。

当初、九月二十五日には北海道へ戻る予定だったが、原稿の遅れに加えてこのところ再び咳が止まらなくなっていたこともあり、大事を取って十月十日という日付を選んだのだ。


幸恵は茶の間の机で大きな封筒に入った『アイヌ神謡集』の原稿を広げた。

ノートに綴られた手書きの文字が、タイプライターで打ち直されていた。

表紙には『アイヌ神謡集』という題と、知里幸恵という名。

しばらくじっと見つめてから、そっと自分の名前を撫でた。

ヲカシベツの山小屋。炉端で熱い炎を見つめながら、祖母のモナシノウクが謡い聞かせてくれたユーカラの響き。

旭川に引っ越してアイヌの尋常小学校へ通った時代。伯母のマツに命じられて毎日うんざりするような量の英語の勉強をした。

表で伸び伸びと遊んでいる周囲の皆が羨ましくて文句を言ったら、決まって返ってくるのは厳(おごそ)かな言葉だった。

「幸恵、あなたには使命があるのです」

マツの声が胸に蘇った。

お母さま、もうじき私の使命が形になります。

幸恵は熱に浮かされたような心地で、胸の内でマツに語り掛けた。

どうにかこうにか心を落ち着かせて原稿に向かい合う。

その昔この広い北海道は、私たちの先祖の自由の天地でありました。天真爛漫(らんまん)な稚児の様に、美しい大自然に抱擁されてのんびりと楽しく生活していた彼等は、真に自然の寵児(ちょうじ)、なんという幸福な人たちであったでしょう。

この前書きの言葉を書いたとき、私は北海道にいた。

祖母のモナシノウクと共に、伯母のマツの教会の仕事を手伝い、アイヌコタンの信者たちの世話をして暮らしていた。

冬になると身が凍るような寒さに覆われ、ただこの時を生きることさえ覚束なくなるような厳しい北海道の自然の中で、アイヌの皆と手を取り合い労わり合い、そして和人から理由もなく虐げられ続けるこの身を嘆いて生きていた。この生まれに怒りを噛み締めつつ生きていた。

けれどいつかどこかで、この怒りからこの憎しみから逃れることができると信じていた。

金田一という和人の学者が、私のことを汚れを知らぬすくすくと育つ幼子のような心へ、平穏な場所へと導いてくれるのだと信じていた。

ここではないどこかへ飛び立てば、苦しみから自由になれるのだと信じていた。

あれからずいぶんと長い時が過ぎたような気がする。

けれど、前書きの日付は今年の三月だ。まだ半年しか経っていない。

自分の綴った言葉を一文字ずつ辿っていく。


太古ながらの自然の姿も何時(いつ)の間にか影薄れて、野辺に山辺に嬉々として暮していた多くの民の行方も又いずこ。僅かに残る私たち同族は、進みゆく世のさまにただ驚きの眼をみはるばかり。しかもその眼からは一挙一動宗教的感念に支配されていた昔の人の美しい魂の輝きは失われて、不安に充ち不平に燃え、鈍りくらんで行手も見わかず、よその御慈悲にすが

らねばならぬ、あさましい姿、おお亡びゆくもの……それは今の私たちの名、なんという悲しい名前を私たちは持っているのでしょう。


北海道で、私はどれほどこの世を憎んでいただろう。

悔しい、悔しい、と怒り続けていただろう。

己よりも恵まれた者をすべて睨みつけ、痛みを知らない者には、私と同じだけの痛みが訪れるように呪った。

アイヌの言葉と文化が和人によって滅ぼされてしまう運命ならば、いつか必ず和人にもまた同じ絶望が訪れるようにと願っていた。


時は絶えず流れる、世は限りなく進展してゆく。激しい競争場裡(じょうり)に敗残の醜(しゅう)をさらしている今の私たちの中からも、いつかは、二人三人でも強いものが出て来たら、進みゆく世と歩(あゆみ)をならべる日も、やがては来ましょう。それはほんとうに私たちの切なる望み、明暮(あけくれ)祈っている事で御座います。


マツが満足げに頷く姿が目に浮かぶような気がした。

この本は、怒りと嘆きと憎しみと悔しさ。私たちアイヌが藻掻き苦しみ吐き出した血で書かれた物語だ。

アイヌ土人の乙女が歌い上げる、淡いメルヒェンの世界。そう思って手に取ったそこのあなた。あなたの胸にほんの少しでも私たちの怒りが届きますように。

針のような吹雪、灰色に荒れた海、身体を八つ裂きにされるような寒さの中で、この世を憎み続けた私たちの嘆きが、絶望が届きますように。


モナシノウクのユーカラの調べを頭の中で再現しながら、目では日本語とローマ字で書かれた文字を追い、十三篇の最後の「沼貝が自ら歌った謡『トヌペカ　ランラン』」にまでたどり着いたときには、自分で思っていたよりもはるかに長い時間が経っていた。

時計を目にして、ぎくりと身が震えた。

今が朝なのか夜なのか、どうしても思い出すことができない。

金田一は、静江は、菊は、それに春彦と若葉はいったいどこへ行ってしまったんだろう。

暗いとも明るいともわからない部屋を見回した。

胸のあたりを波のようにゆっくりと通るものがあった。

ああ、まただ。

まったく嫌な身体。

胃吉さんも腸吉さんももちろんしんぞうさんも、みんなでいっぺんに揃って私をいじめてくるのだから。

広がる不安を打ち消すように、明るい調子で胸の内で呟いた。

口を尖らせて頬杖をついたら、掌が驚くほど冷たくて息が止まった。

思わず掌を見る。血の気が失せて真っ白な掌が、夢のように遠くに見えた。

酷い寒気に身を震わせた。背中に氷を押し当てられたような気がした。

身体が前に向かって勢いよく倒れた。

机にしがみつくようにして突っ伏す。激しい咳が出た。

恐る恐る振り返ると、背後にあの灰色の靄が現れていた。

「ああ」

咳に交じって呻き声が零れた。

ついにこの時が来たのだと悟った。

幸恵は靄の奥をじっと見つめた。

恐ろしさは感じなかった。少しずつ身体が動かなくなって、心が溶けてゆくような気がした。

身を任せようと目を閉じかけたところで、あっと気付いた。

灰色の靄の中に何があるのか。どうしても、どうしても。最期にそれを確かめたかった。

渾身の力を振り絞って、両手で頬をぴしゃりと叩く。

激しい痛みと大きな音に目が覚めた。

金縛りから解けたように身体が軽くなる。

幸恵は灰色の靄に駆け寄った。両腕を肘の奥まで突っ込む。靄の中は炉に手をかざしたように温かかった。

灰色の靄が銀色の水滴となって弾け飛んだ。

取り出した腕の中には赤ん坊がいた。

わあ、ともう出ない声を上げた。

ずっしりと重い。そして熱い。

幸恵は赤ん坊を胸にひしと抱き締めた。

私はこの子を知っている。

冷え切った胸に温もりが広がる。

この子は、かつて生まれなければ良いと願った私の子だ。

東京へ向かう列車の中。万が一私の腹に宿っていたらすべてがぶち壊しになってしまう、と怯えた子だ。私が大きな使命を成し遂げることの邪魔になると恐れた子、私の人生を滅茶苦茶にしてしまうのではと恐れた子だ。

百合子が、静江が、そしてこの世のすべての〝貴女の友〟たちが胸に溢れる想いを打ち消して、忌み嫌うと決めた子だ。

――お前、こんな顔をしていたのね。

赤ん坊は春彦にそっくりな澄んだ目をして、こちらをじっと見つめた。

その顔が今にも泣き出しそうに歪む。

胸が締め付けられるような愛おしさが胸に広がった。

――おう、よしよし。

幸恵は赤ん坊を腕の中であやしながら机の前に座った。

――お歌を歌ってあげましょうね。お前の知らないところのお歌よ。

ヌプルペッのせせらぎが聞こえた。

川沿いの水を含んだ落ち葉の上を歩く。蛇いちごに目を留めて歓声を上げる。木の上で梟が飛び立つ音。木の葉から滴る朝露。

もう時間がない。私の大切なあの世界を、私が生きることの喜びを存分に味わうことができたあの頃を、平和で美しい未来が広がると疑わなかったあの幸せを、ほんの少しでもお前に伝えたい。

原稿に目を落とす。

鉛筆を握ったまま倒れ込んでしまったので、大事な原稿に爪痕のような大きな一本線が引かれていた。

ああ、もったいない、と思う。だが今にも泣き出しそうな赤ん坊のほうが気になって、それどころではないと思い直す。

抱き締めた赤ん坊の耳元に口を寄せる。

銀の滴　降る降るまわりに、

シロカニペ　ランラン　ピシカン、

和人の言葉とアイヌの言葉が同時に零れ出た。

幸恵はうっとりと目を閉じて謡い続ける。

金の滴　降る降るまわりに。

コンカニペ　ランラン　ピシカン。

謝辞

この作品を執筆するにあたり、知里幸恵 銀のしずく記念館副館長の松本徹さん、平取町教育委員会の関根健司さんにお話を伺いました。

たくさんの貴重なお話を、本当にありがとうございます。

作中に誤りがある場合、その責はすべて作者にあります。

作者

本書は書き下ろしです。


本作は実在の人物に材を取ったフィクションです。

作中の時代背景となる大正時代の差別問題に関連し、今日から見れば不適切な表現を用いた箇所があります。いわれなき差別との闘いが本作の重要な主題の一つであるため、あえて当時の表現を用いました。ご理解賜れれば幸いです。

【主要参考文献】

『アイヌ神謡集』 知里幸恵編訳 岩波文庫
『日記』 知里幸恵 青空文庫
『手紙』 知里幸恵 青空文庫
『銀のしずく「思いのまま」――知里幸恵の遺稿より…』 富樫利一 彩流社
『銀のしずく降る降るまわりに――知里幸恵の生涯』 藤本英夫 草風館
『知里幸恵――十七歳のウエペケレ』 藤本英夫 草風館
『異郷の死――知里幸恵、そのまわり』 西成彦／崎山政毅編 人文書院
『知里幸恵「アイヌ神謡集」への道』『知里幸恵「アイヌ神謡集」への道』刊行委員会
『ＮＨＫ １００分 de 名著 知里幸恵『アイヌ神謡集』２０２２年９月（ＮＨＫテキスト）』 中川裕 ＮＨＫ出版
『知里幸恵とアイヌ（小学館版学習まんが人物館）』 知里幸恵 銀のしずく記念館（監修）、ひきの真二、三条和都 小学館
『知里幸恵――十九歳の遺言』 中井三好 彩流社
『父京助を語る』 金田一春彦 教育出版
『アイヌ叙事詩 ユーカラ集Ⅰ』 金成まつ筆録 金田一京助訳注 三省堂

泉ゆたか（いずみ・ゆたか）
1982年神奈川県逗子市生まれ。早稲田大学卒、同大学院修士課程修了。2016年『お師匠さま、整いました！』で第11回小説現代長編新人賞を受賞し小説家デビュー。2019年『髪結百花』で第8回日本歴史時代作家協会賞新人賞、第2回細谷正充賞を受賞。近著『おばちゃんに言うてみ？』『君をおくる』ほか、「お江戸けもの医毛玉堂」シリーズ、「お江戸縁切り帖」シリーズ、「おんな大工お峰」シリーズ、「眠り医者ぐっすり庵」シリーズなどがある。

ユーカラおとめ

2024年1月29日　第1刷発行

著者……泉ゆたか（いずみ）
発行者……森田浩章
発行所……株式会社講談社
〒112-8001　東京都文京区音羽2-12-21
電話　編集　03-5395-3505
販売　03-5395-5817
業務　03-5395-3615

本文データ制作……講談社デジタル製作
印刷所……株式会社KPSプロダクツ
製本所……株式会社国宝社

定価はカバーに表示してあります。

落丁本・乱丁本は購入書店名を明記のうえ、小社業務宛にお送りください。送料小社負担にてお取り替えいたします。なお、この本についてのお問い合わせは、文芸第二出版部宛にお願いいたします。本書のコピー、スキャン、デジタル化等の無断複製は著作権法上での例外を除き禁じられています。本書を代行業者等の第三者に依頼してスキャンやデジタル化することは、たとえ個人や家庭内の利用でも著作権法違反です。

© Yutaka Izumi 2024, Printed in Japan
ISBN978-4-06-531945-1
N.D.C.913　270p　19cm

KODANSHA